你诗词曲赋的极致之美

万流逝，唯诗意生生不息

风流总被雨打风吹去：

品味**魏晋诗文**的极致之美

齐艳方 — 著

华龄出版社
HUALING PRESS

责任编辑：程　扬
责任印制：李末圻
封面设计：颜　森

图书在版编目（CIP）数据

风流总被雨打风吹去：品味魏晋诗文的极致之美 / 齐艳方著.
--北京：华龄出版社，2017.1
ISBN 978-7-5169-0873-0

Ⅰ.①风…　Ⅱ.①齐…　Ⅲ.①古典诗歌－诗歌欣赏－中国
－魏晋南北朝时代　Ⅳ.①I207.22

中国版本图书馆CIP数据核字（2017）第007489号

书　　名：风流总被雨打风吹去：品味魏晋诗文的极致之美
作　　者：齐艳方　著

出 版 人：胡福君
出版发行：华龄出版社
地　　址：北京市东城区安定门外大街甲57号　邮编：100011
电　　话：010-84044445　　传真：010-84049572
网　　址：http://www.hualingpress.com

印　　刷：三河市东兴印刷有限公司
版　　次：2017年6月第1版　　2019年12月第3次印刷
开　　本：880×1230　1/32　　印　张：5
字　　数：120千字
定　　价：29.80元

（如出现印装质量问题，调换联系电话：010-82865588）

"广陵散"绝,风流犹在

　　钟磬音起,一曲《广陵散》穿越亘古的岁月,从遥远的竹林悠悠飘来。

　　时光溯回到一千七百年。

　　那是个荒诞而黑暗的年代,闹嚷嚷乱哄哄你方唱罢我登场,城头不断变换大王旗,铁马铮铮,战乱不断。

　　这时,出现了一群人,有文臣,有武将,有政客,有高官,有名士,有隐士,有富豪,有孝子,有酒神,有醉鬼。他们聚集在一起,肆无忌惮地赋诗、饮酒、放歌、长啸。他们处境险恶却不改潇洒倜傥,他们特立独行却颇喜雅集,他们崇尚无为却思想灵动,以各自特有的做派和姿态,率性而为,遗世独立。

　　雅量,放达,通透,清简,诗骨自然天成,个性张扬,清流惠风,邈若山河。他们的另类让人侧目,他们的不羁让人敬佩,他们的际遇让人扼腕。他们是魏晋闪耀的群星,照亮了黑暗的天空。

　　青衫磊落,畅叙离阔,琴啸相谐,傲睨世俗,风骨焕然,超群脱俗。他们引领着一个时代的风尚,却承受着整个时代的悲哀;他们一副意气风发的模样,内心深处却写满了沧桑。

　　风流的表象下,是深深的绝望和悲凉。

　　对社会,对生活,对人生都已绝望,所以反而完全不在乎功名利禄,只求尽情做真实的自己。

所以，他们忽然放纵起来，崇尚自然任诞，追求越礼放荡，服药，醉酒，学驴叫，偏不肯遵奉老规矩，只为内心而活，投入生命，不问结果。那些激越也好，恬淡也罢，但求片刻欢娱，一时兴致。他们可以听人诵诗唱歌听到入迷，进入恍若"一坐无人"的境界；心灵长了翅膀，可以飞升出离可恶的皮囊，可以超越一切世俗樊篱；"桓伊吹笛""雪夜访戴"，也在一份之于自我的率性。

　　可贵的是，那个年代，这份率性是受人尊敬的。不按常理出牌的背后，就是目中根本没有世俗那套规范等级，单凭这点，就是"神仙中人"的品质。是以，魏晋人多有"仙风道骨"。

　　一段空前绝后的历史，一个英雄的时代，一群平凡而又高贵的人，一篇篇震撼心灵的诗文，都那么真实。

　　一曲《广陵散》从刑场响起，竹林之中的高谈阔论，歌，酒，啸，奏，一切的一切，都被降下了沉重的铁幕。

　　屠刀，在颈上凌空劈下，那牵动着千秋万代人的心，令人心驰神往的音调，霎时戛然而止。

　　遥远的绝响，千古绵延，斜阳凝血。

　　乌衣巷，朱雀桥，堂前燕，夕阳斜。

　　当一段历史化为平仄谐韵的诗篇，香醇入口的烈酒，惊鸿起舞的霓裳，留给后人的是长卷瑰宝，荡气回肠。

　　多少风流千古中，一曲琴瑟难鸣尽。

目　录

卷五　出尘入世任逍遥

卷六　情由景生黯销魂

卷七　痛饮狂歌空悲凉

卷八　此生唯愿与君同

卷一　建安风骨慨以慷

曹魏,这个短暂的王朝,在三国争雄时脱颖而出,又在昙花一现后,迅速凋零。这个时代孕育了"三曹""七子"等文学大家,那些盈溢而出的文字与风骨,鲜活、浪漫、惊动人心。

对酒当歌,人生几何

在荒蛮混沌的乱世,总有人会站到时代舞台的中央,演绎一场王霸之舞,不管是以惨淡收场,还是以热闹落幕,淋漓尽致、无法复制的演出已然载入史册,千年后亦泛沉香。

曹操,就是在硝烟战火中登上时代的舞台,在生与死的罅隙中,用手中的刀戟与弓箭,释放着自己的野心。

在战场得意之时,他在文坛亦悄悄地称雄了。身后有百万雄师,战马嘶鸣,战旗挥摇;望着汹涌澎湃的长江,望着东吴广袤富庶的土地,一番壮志豪情汹涌澎湃,于是踌躇满志悠悠吟唱,道的是风发意气,还有对未来的惆怅。

彼时,正是他与孙权对战棋逢对手,北方初定,却又踏上南下征途。胜败乃兵家常事,身为将领,此去吉凶未卜,他并不知晓这场恶战会有多少士兵伤亡,亦无法预知此次是否能得胜而归。夜月皎皎,为了安定军心,鼓舞士气而大设宴席,看着酒宴上醉酒的一张张面孔,他诗兴陡然兴起。

对酒当歌,人生几何?譬如朝露,去日苦多。慨当以慷,忧思难忘。何以解忧?唯有杜康。青青子衿,悠悠我心。但为君故,沉吟至今。呦呦鹿鸣,食野之苹。我有嘉宾,鼓瑟吹笙。明明如月,何时可掇?忧从中来,不可断绝。越陌度阡,枉用相存。契阔谈宴,心念旧恩。月明星稀,乌鹊南飞。绕树三匝,何枝可依?山不厌高,海不厌深。周公吐哺，天下归心。

曹操《短歌行》

一首诗背后，往往藏匿着一颗孤寂的心灵；一壶浊酒，往往能让人在沉醉与清醒的夹缝中体悟到无常的人生。这个外表桀骜不驯的男子，苦苦追索着人生几何，将内心深沉的忧伤，在月光中袒露无遗。他曾在《苦寒行》中写道："延颈长叹息，远行多所怀。我心何怫郁，思欲一东归。"亦在《薤露》中悲伤地吟唱"瞻彼洛城郭，微子为哀伤"，寥寥几笔把曹操的多情和悲愤写得透彻。人生苦短，他生怕人生落幕时，建功立业的梦想还未实现；人生无常，他无法预知天命，唯有做足充分准备，怀着战死沙场的念头全心投入每一次战斗。故而，他作下的乐府诗，多半掺杂着哭喊悲愤的情绪。人生的确短暂得就如同晨曦中的一滴露珠，在第一道阳光的温暖下，就会瞬间消逝。在曹操站过的江边，而今依然生活了许多的人，他们形形色色，忙忙碌碌，在曹操咏叹《短歌行》的地方做过少许的停留，便立刻离去。那扇连接古今的大门在缓缓地开启，透过诗句中言简意赅的意境，后人仿佛能够触摸到当时的空气，江边那潮湿的气息，还能嗅到醇香的酒气。历史中，一切都好像存在过，却又好像从没有存在过似的。

多少个春去秋来，几度庭前花开花落，曹操从未停止过对人生的探寻与追索。这个一生积极向上、励精图治的男人，站立于世间的巅峰，却依然感到"忧思难忘"，想要招募更多的贤才，来巩固自己的地位。这或许是每个站于巅峰之人的通病，因为他们曾经得到过，所以才会越发害怕失去。曹操亦是如此。故而，他愿意沉醉在酒乡中，让酒拂去他的悲伤，也激起他的豪情。

酒不但是魏晋时期人们附庸风雅的物品，更是可以让他们忘记忧愁的孟婆汤，只消那么一壶，便能坠入到无尽的温柔乡中沉醉不醒。当然，曹操绝非一个借酒消愁之人，纵然他内心埋藏万丈忧伤，但从来都是以坚毅、凛然的姿态，站在时代的风口浪尖上。不然，这个男人不会"挟天子以令诸侯"，为他的子孙铺好登基皇位的平台，他也不会征战于沙场之上不知疲倦,他更不会站于赤壁之下,等待开战。诗歌中的感慨仅仅是感慨而已,曹操是一个为了千秋大业而活着的人,他在诗歌中毫不掩饰地表达自己求贤若渴的心情,还有他希望名垂青史的愿望,虽然其中有着哀思的情调,却丝毫没有妨碍到整首诗的主题——建功立业,名垂千古。

曹操何其聪明睿智,他只吟咏了一首诗歌便表明了政治上的用意,在微微的醉酒之后,显而不露地道出内心的期许,这般男人自然能聚拢天下能人志士,统一北方。他写道"青青子衿,悠悠我心",他唱道"我有嘉宾,鼓瑟吹笙。明明如月,何时可掇",他叹息道"周公吐哺,天下归心"。

善恶自有后人去说,多半人将"枭雄"的名号冠于他头上,但谁又能真正看清楚这个男人的雄才大略和千秋霸业?在这首微醺后的吟唱中,曹操明明白白地将自己的内心感受咏了出来。纵然他原封不动地引用《诗经》中的词句,却好似破晓前的一阵疏雨一般,过滤了《诗经》中的缠绵悱恻,幽怨哀伤,字里行间只剩下自己最初和最终的理想。同样的酒,同样地点,同样的命题,不同的人却因经历不同,而有不同的失意,不同的情怀。

诗中的岁月,往往更让人感觉到沧海桑田,在曹操的那片桑田之上,同样站立了一个男人,名叫陆机。陆机是名门之后,他的祖父陆逊曾任东吴丞相,是三国时期著名的大将。如若将人生比作一幅水墨画,属于曹操的画中,必定有千军万马,而陆机的画中则唯有静默的高山,自由来去的流云,平淡中自有另一番景致。纵然他们的生活并没有交集,但这并不妨碍他们有交点。每当胸中荡起千层浪万重波时,陆机便用几笔淡墨泼染出内心的情怀。故而,这一生中留下了丰盛的诗篇。其中这一首《短歌行》与曹操的《短歌行》有着异曲同工之妙。

置酒高堂,悲歌临觞。人寿几何,逝如朝霜。时无重至,华不再扬。蘋以春晖,兰以秋芳。来日苦短,去日苦长。今我不乐,蟋蟀在房。乐以会兴,悲以别章。岂曰无感?忧为子忘。我酒既旨,我肴既臧。短歌有咏，长夜无荒。

陆机《短歌行》

掩卷之时，我们仿佛可以看到一个伤心的男人站于凛冽的寒风中，衣衫簌簌作响，心中惆怅难言，饮酒堂上，感言人生苦短。长夜漫漫难挨，烛火忽明忽暗，何不斟一杯浊酒，沉醉在时光深处，忘却平日的忧愁，忘却往昔的伤痛，唯有此方才不辜负此生。同为政客，陆机远没有曹操的雄才大略和高瞻远瞩；作为文人，陆机亦没有曹操那样的赤胆红心和骁勇笔锋。

在陆机的笔下，酒是一剂麻醉现实的佳酿。在他眼中，最无情的莫过于穿梭如箭的时光，来日苦短，去日苦长，唯有当下最为金贵，秉烛夜游也好，饮酒作乐也罢，皆是惧怕瞬间一切换了模样。从曹操到陆机，其间不过短短数十载的岁月，光阴可以改变历史，也可以变动人心。

曹操是一个盖世的英雄，陆机是一位翩翩的才子，抛开历史中成败论英雄的观念，这二人在繁华过尽、烟雨散尽之时，都已是进入墓穴中安静沉睡的古人了。随着这二人的诗作，闲闲地看过魏晋文人的兴衰荣辱，一切荣辱都变得不再重要。转眼，千年过去，谁还能记得在那段惊天动地的时光中，有这样两位把酒言志的男人呢？

唯有那浅浅流淌而出的人生曲，伴着无乐的时光，纯粹芳香地走到今天。

惊鸿一瞥，镜花水月

两情相悦厮守一生的爱恋，譬如金风玉露一相逢，胜却人间无数。人们向往如斯的爱恋，渴慕有情人终成眷属。而在现实之中，美好的幻想总如海中的浮沫，在潮涨潮落中消散。

世间爱情，多半是落花有意逐流水，流水无心恋落花。于是，总有人游弋在相思与等待的大海中，期待觅到一艘可以渡到彼岸的小船，但终其一生都未能如愿。这般徒劳爱慕的滋味，想必每个人都品尝过。日光追逐着明月，夜幕驱赶着黄昏，时光就这般倏然而过，爱情也渐渐变成一个人的事情，只是远远看着灯火阑珊处的他，而不再期待他做出回应。

魏晋之时那么多惊为天人的女子在历史长卷中留下画像，有着绝美之姿的大乔与小乔便是如此，而真正具有谪仙之气，如雪雾初晴那样灿然的大抵只有一个洛神，描摹这幅画像的正是聪慧多情的曹植。

背下陵高，足往神留，遗情想像，顾望怀愁。冀灵体之复形，御轻舟而上溯。浮长川而忘反，思绵绵而增慕，夜耿耿而不寐，沾繁霜而至曙。

曹植《洛神赋》（节选）

那段被淹没在历史尘埃深处的建安时光已然不见痕迹，那段似乎只是一场虚无梦境的爱恋最终也只变成了民间传说，添了三分旖旎调子。在后来的时光中，人们只知道曹植最初见到甄氏，便被她把心带走。爱到蚀骨的人们，总是在心中一遍遍叩问着前生，定然是夙缘未了，才在今生再次相逢。曹植与甄氏，这一对眷侣却是注定了前世有缘，今生无分。曹操的一旨命令，曹丕带着甄氏离开了曹植的视线。曹植黯然神伤，想想也有些可笑，曹植对甄氏一见钟情，惊为天人，但这或许都是他的一厢情愿而已，历史上并未记载过甄氏对曹植有过任何的青睐，反倒是嫁给曹丕后，甄氏恪尽本分，为曹丕开枝散叶，生儿育女。

这个女子到底有多美，后人并不知晓，只知她容貌倾国倾城，只消回首嫣然一笑，便动人心魂。她本是袁绍之子袁熙之妻，彼时袁熙风姿飒爽，美人与英雄自是幸福不已。然而，世间之事，从来都是有得有失，她拥有了绝美的容颜，便要交付安稳的一生。甄氏的荣华还未享尽，便因为曹操大军来袭而遭到了毁灭性的颠覆，当她蓬头垢面地出现在曹氏父子面前之时，她定然不会想到她会俘获三个人的心。

曹操向来爱占他人妇，故而，当他看到满目污垢、惊魂未定却不掩芳华的甄氏时，他自然对她垂涎欲滴。只可惜，曹丕亦掉进了她绝色之姿的深渊中，便先声夺人，要求甄氏归自己所有。为了笼络人心，曹操只得忍痛割爱。就在父子二人上演这出争夺美人大戏之时，曹植在一旁早已是神魂颠倒。甄氏是乱世中随风飘零的桃花，在男人的掌心中被恣意玩弄，一生难以做出自己的选择。但仔细想想，倒是男人在她面前不能自持，上演着一出又一出的独幕剧。

他们对她的爱恋和宠幸完全是一厢情愿而已，谁又能知道这个女子内心爱的究竟是谁？曹植为她饮恨终身，就连诗词中也不乏怨妇思春的影踪。

西北有织妇，绮缟何缤纷。明晨秉机杼，日昃不成文。太息终长夜，悲啸入青云。妾身守空房，良人行从军。自期三年归，今已历九春。孤鸟绕树翔，嗷嗷鸣索群。愿为南流景，驰光见我君。

曹植《杂诗》七首（其三）

关于此诗的意蕴，向来颇有争议。有人认为是曹植感叹自身时运不济的寄语情怀之作，也有人认为是一首怨妇思念远行丈夫之作，更有人认为是曹植思念甄氏的隐晦之作。曹植并未说明，后人也就永远无从得知。其实，世人又何必费尽心思试图做出唯一的注解，倒不如静静地体味诗歌中所蕴含的美感。曹植之诗，向来被后人评为"骨气奇高，辞采华茂"，颇具慷慨之气，而这一首却满是缠绵的幽思。织妇独守空房，对远在他乡行军的丈夫无限思念，就好像隐喻了曹植对于远在他方的甄氏的思念一般强烈。诗中的丈夫从军时日已久，妇人看着孤鸟离群索居，在树间低鸣，不觉感慨自身，也是此般无奈思情。

曹植的心又何尝不是如此，而他所思念的甄氏在曹丕的后宫中，想必亦是如花慢慢凋零，失去了往日的光彩而日渐失宠。

爱之初，恨不能为她捧上整座江山。而后，这份爱便渐渐落了灰尘，沾了粉末，如若彼此都懂得珍惜，爱情也能在平淡的岁月中闪现温存的光泽。然而，最是难猜帝王心，爱与不爱之间，不过用了眨眼的工夫。当曹丕左拥右抱时，早已不记得这个当初震慑他心魂的女子，而后更因谗言四起，曹丕一怒之下将三十九岁的甄氏赐死。下葬之时，甄氏"被发覆面，以糠塞口"，极为凄惨。

曹丕早已忘记，甄氏是当初他惊鸿一瞥的尤物，可是随着时光流转，一切早已在锋利的时光刀刃下瓦解，不复存在。

唯独曹植，这个才高八斗、心高气傲的男人，无论是在荣华显贵之时，还是穷困潦倒之日，都没能忘记她。只可惜一切都随着甄氏的死亡而烟消云散，然而，即便甄氏活着，又能如何。曹丕继位后，对于曹植的防范并没有减弱，因为权力的过分诱人，亲情的成分便被迅速地略去。曹植一生命运多舛，唯有深夜中对甄氏的思念，是他人生中仅有的一丝安慰。曹植和甄氏之间注定了是一场镜花水月的空想爱情，从来没有开始过，自然也谈不到结束。一切在曹植的《洛神赋》中被唯美地放大，也使得后人知道了这个"翩若惊鸿，婉若游龙"的女子，是如何占据了曹植的内心，让他久久不能释怀。

她是曾经出现在他生命中的女子，虽然很快便抽身离去，但曹植对甄氏的爱并没有因此而搁浅，反而如同涨潮的江水一般，年复一年地在高涨，最终泛滥决堤。

曹植用他一生的才气和思念，为这样一个他不可能得到的女人写下了名垂千古的文章。正因为了有了曹植的文章流传，人们才不会再去考证父子三人争夺甄氏的可信度有多大，因为建安风度，魏风骨韵，在甄氏的风情下，越发放射出了万种光彩。

那个令人心旌摇荡的女子，总是站在水中央，无论他溯洄从之，还是溯游从之，皆是可望而不可即。纵然爱情在地老天荒之后，依然馨香如故，而这一切终究如同飞入云空的鸿雁，仰望令人心生寂静，同时也只能望着杳杳的空影暗叹蹉跎。"恨人神之道殊兮，怨盛年之莫当。"一些人的心田被播撒下情花种子之后，开花过后便永久荒芜。曹操的爱，好像玫瑰，浓香四溢却是可以开败再开；而曹丕的爱，如同昙花，一现之后便再无绽放；曹植的爱，无花可比，因为这份爱让他倾尽一生，长过了任何花期。

曹操为了顾全颜面，将甄氏赐给了曹丕；曹丕拜倒在绝色美貌的石榴裙下，想要与甄氏度过一生；曹植亦为甄氏动容，却只是将爱埋在心底。但这不过是他们的一厢情愿而已，他们自始至终都未曾问过甄氏真正爱的是谁，只是凭着自己的意愿，为她做出了安排。而甄氏也只是遵从命运的指引，走到了曹丕的身边。

或许这三人中最懂得珍惜爱情的是曹植，因为他始终没能得到爱情，于是，他才一直努力，翘首以盼，在他的诗作里，隐隐地永远藏着一份想要珍惜，却又无法珍惜的情感。

站在时间的两端，中间横亘着无法跨越的河流，一端站着曹植，一端站着甄氏，曹植在深情凝视，而甄氏却垂首不语。回首，能看到多少往事，常言道失去之后才懂珍惜，但那从未获得过的爱情，又该如何去珍藏。

乱世离殇，信念不屈

信念是苏武牧羊时风中飞舞的符节，支撑着他重回长安；信念是司马迁手中的笔，书写了篇幅恢宏的《史记》；信念是战争摧毁了一切时，屹立于文士心目中的不倒山峰。他们时常回忆或向往一些美好的生活，而后用笔墨描摹出来。在这些特殊时代的文人看来，天堂虽然破灭，但只要坚持信念，便会在不久的将来，重新建起一个新的天堂。

西京乱无象，豺虎方遘患。复弃中国去，委身适荆蛮。亲戚对我悲，朋友相追攀。出门无所见，白骨蔽平原。路有饥妇人，抱子弃草间。顾闻号泣声，挥涕独不还。未知身死处，何能两相完。驱马弃之去，不忍听此言。南登霸陵岸，回首望长安。悟彼下泉人，喟然伤心肝。

王粲《七哀诗》三首（其一）

一字一句传世，犹如一株坚强的高山柏，在险峻的群风中立于悬崖。这首作于长安动乱后的诗歌，书写了那个历经发怒雄狮围剿后幸存下来的稚子，对于凄惶逃亡路的全部回忆。不是后人猜测的有关情殇的哀痛，亦不是因韵律、乐音而生的曲调。这不过是一个文人在用笔墨祭奠他可怕的经历，目睹的惨象，描摹着那团在他胸中熊熊燃烧不曾熄灭的希望之火。

动乱之中，厮杀掳掠，百姓困苦不堪，王粲幸免于难，便逃到了荆州，是年十六岁。彼时他的人生如一页尚未完全展开的洁净白纸，对生活充满期待。然而这场颠沛流离的经历，却让他尝尽了身世孤苦的滋味。王粲写下了这一首诗，为了纪念这段悲痛的岁月，也为后人留下了那段凄惶年月的证明。王粲生在一个如危楼般飘摇的朝代里，便不由自主地收敛起玩乐纵情的心性，变得沉稳、悲观，本能地用透彻和惊惧的表情去预感、迎接终将到来的毁灭。故而在诗歌中，年少的王粲追慨往昔、痛陈现实，满目即是累累白骨与荒芜的田野。曾经的富丽如人间天堂的长安，已是一片冰冷空寂，只余满眼荒凉。

历史的烟尘早已浸入他的肺腑和心神，将他清亮的眼神遮蔽，让他的面容凝满沧海桑田，在他的肩背上压满沉重的记忆。

王粲历经苦难，支撑他在乱世中存活下来的便是心中不灭的信念，在他的诗中，萧条凌乱的景象并不可怕，那些凋敝都会过去，最终将有新的国度出现。

这是王粲的信心，也是他的理想。想必，他追随曹操，多半是因能早日看到凋敝过去、繁华盛开吧。

然而历史并不会因为这些悲苦的记忆而停下脚步，在它还未迎来下一个柳暗花明之时，所有的混乱依然继续。因为战事不断，便有人提议修筑长城，只是蜿蜒万里的长城，暂时抵挡了外敌入侵，但在修建之时耗费的人力与物力，却是另一种巨大的自我消耗。于百姓而言，修筑长城以抵御外敌与战争无异。青壮年男子被征召，在一砖一瓦的修茸过程中，过着朝不保夕的日子。而千里之外，妻子在家中时时盼着郎君归来，却从不知晓归期是何时。同为"建安七子"之一的陈琳也假托秦代修筑长城之事写下了这样的一首诗。

饮马长城窟，水寒伤马骨。往谓长城吏："慎莫稽留太原卒！""官作自有程，举筑谐汝声。""男儿宁当格斗死，何能怫郁筑长城！"长城何连连，连连三千里。边城多健少，内舍多寡妇。作书与内舍："便嫁莫留住。善侍新姑嫜，时时念我故夫子。"报书往边地："君今出语一何鄙！""身在祸难中，何为稽留他家子？生男慎莫举，生女哺用脯。君

独不见长城下，死人骸骨相撑拄！""结发行事君，慊慊心意关。明知
边地苦，贱妾何能久自全？"

陈琳《饮马长城窟行》

故事在逐渐延伸，时代的悲剧也在无止境地蔓延。陈琳这一首
诗以对话的形式，淋漓尽致地写出了繁重的徭役给世人带来的苦
难，这是征夫的不幸，亦是时代的不幸。

诗中的征夫本来归期已定，官吏却不放行，这焉能使人不怨，这
如何使人不恼。然而心中有怨，又有何用，这个荒蛮板荡的时代，永
远无法承诺黎民安定的生活。长城绵延万里，不知几时才能竣工，而
生命的沙漏，却滴落了大半。家中的妻子，还在当初离散的巷口，日
日等他归来，而他不得不服从官府的命令，在这荒无人烟之地消磨
一生的时光。

陈琳在这首诗歌中，用征夫绝望的心情来寓意当时的纷乱时
代。与建安七子其他人相比，陈琳相对年长，自然，他对汉末魏初的
那段动荡不安的岁月便有更为切身刻骨的体会。同王粲一样，这个男
人同样因为心中坚挺的信念，在混沌之中，依然目清如许，看得见硝
烟散尽后的清平世界。陈琳的为人，始终耿直不阿，因此周旋于官场
纠葛中的他几度险些遇害。

陈琳在追随曹操之前，曾效力于袁绍，多次写文章辱骂曹操，历
数他的罪行。后来陈琳被曹操俘虏，曹操惜才，便安抚陈琳，没有将
他斩杀，反而收为部下。

国已破君已亡，有骨气的文人士子就该沉河投缳，仿佛如此才
不会辜负忠君报国的天命，如此才是个皆大欢喜的结局。陈琳性格
刚正不阿，又有点文人风骨，如今在曹营，心情自然难以平复。如果不
是曹操真心待他，想必他也不会追随曹操后半生，直到最后染病身
亡。正如同他在诗歌中所讲到的，丈夫与妻子之间有着深厚的感情，
虽然有许多的阻隔，却是不能被改变的。正是因为曹操和陈琳同样
有着拯救这个时代的信念，陈琳才能最后安心辅佐曹氏，这其间的
关系，便如同鱼和水，只有惺惺相惜，才能做到目标一致。诚如诗中

所讲，明明知晓丈夫生死难料，但妻子甘愿以自己的一生作为赌注，等待千里之外的丈夫最终归来。征夫与妻子之间的这份情感在那个纷乱的时局中尤为可贵。因为知晓来之不易，才越发珍惜。

陈琳的这一首诗歌，给那个黑暗的年代增添了少许的光亮。可以说，这是陈琳饱览民间疾苦，然后与自身所受之苦相融合，迸发出的情感的汇总。

高会时不娱，羁客难为心。殷怀从中发，悲感激清音。投觞罢欢坐，逍遥步长林。萧萧山谷风，黯黯天路阴。惆怅忘旋反，歔欷涕沾襟。

陈琳《无题》

人生即是修行，漫漫红尘尽是不平之事。陈琳穿梭在这个满是悲伤的世间，笔端流淌出的便是战争所带来的硝烟和征伐所引起的离别，字字句句触动世人心弦。他和王粲之所以可以成为战友，也便是他们心中共同坚守着一个对未来和平的憧憬。

他们行走于荒芜的田埂之上，笔端写下那些触目所及的悲哀。或许他们那个时候就知道，有朝一日，人们会从他们的文字中，再次复原千年前的那些场景，并为之叹息，为之哀伤。又能从他们的文字中，看到不屈的背影，迎风而立。

天意弄人，圈禁仕途

曹丕说："书记翩翩，致足乐也。"此人便是阮瑀。

他出身名门望族，才华横溢，琴棋书画，无不精通。本人也自视甚高，其性格在建安七子中最为固执。天意弄人，命运的安排，无须抱怨，唯有默默承担。

世间之事，多半身不由己。端坐在庙堂顶峰之人，总以爱才之名，将沦落江湖的有才之士收入囊中，以稳固江山社稷。曹操自是惜才之人，力邀阮瑀共图天下大事，岂料遭到他一口回绝。曹操不愿放弃人才，一邀再邀，而阮瑀也是一推再推。身为一国之君，曹操自然没有多大耐心，便像晋文公请介子推出山一般，放火将阮瑀所隐居的山林烧尽, 如此阮瑀才下得山来。曾经在山中肆意鸣唱的百灵, 就这样被圈禁在金碧辉煌的牢笼之中。

阮瑀既然是被逼出山, 自然是心有不甘。纵使他跟随曹操, 却总是心不在焉, 未能一心一意为曹操谋社稷。曹操何许人也, 无须多久便将阮瑀的小伎俩看穿。对于此事, 他并未直言, 亦不曾声张, 只是找准时机, 让阮瑀彻底对自己信服。一日, 曹操宴请大臣, 群臣沉醉在美酒与美人中, 好不欢乐, 如若此时有人拨动琴弦, 弹上一曲悠然动听的乐章, 更是大增雅兴。曹操便命阮瑀加入乐工, 为大家弹奏一曲。曹操本想借机羞辱阮瑀, 让他以后不敢怠慢。岂料阮瑀非但没有推辞, 反而盘膝弹奏起来。借着抑扬顿挫的曲子, 阮瑀乘兴高歌, 歌颂曹操。故而, 一曲弹罢, 曹操喜上眉梢, 这个贤士终于被他驯服, 他麾下又多了一位良才。

阮瑀师从名人, 曾跟随蔡邕学习琴艺, 深得真传。故而, 曹操的有意为难, 自是不在话下。之前的敷衍, 不过源自心中的迟疑。少年时的阴影如同怪兽盘桓在他心中, 令其不敢轻举妄动。在追随曹操以前, 阮瑀也有过要报效朝廷的想法, 只是社会黑暗, 世道不公, 他深知扭转乾坤的梦境无法嫁接到现实中来, 便进入深山隐居。如若不是曹操一把大火, 想来这位才子也就只能在深山之中了却一生。

然而, 阮瑀终究不是谋求仕途之人, 早日他看多了世间苦难, 一直对官场心灰意懒, 纵然他追随曹操建功立业, 但心中从未有过一日安稳。他的出仕路途在极度不安和渴望之间辗转, 好似一场镜花水月的梦境, 生怕苏醒之时一切成空。

倘若曹操不选择逼迫他出山, 想必他的一生会遵循着心的指引, 与山林为友, 与鸟鸣为伴; 或是约上三五好友, 醉心于名山大川中。遗憾的是, 曹操用一把火为他的人生选择了唯一的道路。此时的阮瑀犹如一团坠入深渊的光芒, 要么燃尽最后一点光热, 做那空中转瞬即逝的烟火, 要么同黑暗融为一体, 再不复见黎明。在曹操反复试探之后, 阮瑀选择把官做好。阮瑀文笔极好, 但凡他写过的文章, 别人便无法再增加一字或者再减少一字。为此曹操多次考验过阮瑀，他都顺利过关。最为精彩的一幕便是曹操需要一份公文，而当时阮瑀正在马背上，但他以马为案，提笔写好了公文，曹操接过一看，果然还是一字不用增加，一字不用减少。

作为文人，阮瑀的确是成功的。鲜有人胸中点墨，落笔成篇，无须改动。但作为士人，他始终没能走好这条仕途之路，他最终未成为青史留名中的一个良才，而是凭借文学成就在史上让人敬仰。阮瑀曾经写过一篇诗文，从中大抵可以看出这个男人挣扎的身影。他的灵魂在这一生中从未得到过安歇。

驾出北郭门，马樊不肯驰。下车步踟蹰，仰折枯杨枝。顾闻丘林中，噭噭有悲啼。借问啼者出："何为乃如斯？""亲母舍我殁，后母憎孤儿。饥寒无衣食，举动鞭捶施。骨消肌肉尽，体若枯树皮。藏我空室中，父还不能知。上冢察故处，存亡永别离。亲母何可见，泪下声正嘶。弃我于此间，穷厄岂有赀！"传告后代人，以此为明规。

阮瑀《驾出北郭门行》

这一首诗歌属于乐府题材，被北宋末期的学者郭茂倩收录在《乐府诗集·杂曲歌辞》中。题目由古诗中"驱车上东门，遥望北郭墓"一句引申而来。阮瑀在此诗中讲述了孤儿受后母虐待哭诉于生母墓前之事。整首诗中诗人以第一人称的身份出现，愈发显得真实。诗人驾着马车奔驰在道路上，却在一处树林间听闻到隐隐的哭声，十分悲苦。诗人下车查看，只见一个孩童哭坐于一处孤坟上。

此是铺垫，继而从诗人的发问引发高潮，孩童哭诉自己忍受虐待的经过，使得听者流泪，闻者伤心。他与生母站在生命的两端，彼此相忆却再不能相见。逝去的人早已解脱，留下的人还要在这凉薄的人间辗转流离，承担命运给予的苛责。读罢此诗，再看天上明月，已经变了模样，身后时光流转，原来之前的世界中，还发生过这样辗转难测的往事。

或许那个孤儿就是阮瑀的化身，他亦承担了命运的捉弄，历尽了世间沧桑，这般惨痛的滋味，想必也唯有真切经历过的人，才能领悟得如此透彻。那个在寒冬送来炭火，在炎热吹来清风的人，早已不在身侧。纯净的世界，也仿若在承受成长之痛的瞬间凉薄如斯。

阮瑀安静地记录下了这样的悲惨故事，他的文字平静客观，仿佛一个旁观者冷眼看着那孩童在坟上哀号，然而这份冷漠之下却是悸动不安的心。茫茫月夜下生出了茂盛的青草，人间却在繁衍着这样的痛苦。成人的世界，污秽的官场，让阮瑀止步，他不愿意加入这个混浊的世道，宁愿将烦扰抛在脑后，不想知道这些责任该属于谁。

少年时看多了不得志的心事和纷繁的人间悲苦，这一切总是压得他郁郁寡欢。于是，阮瑀的诗作中，总体现出悠悠的怅然。任凭谁，都无法释怀最初的崎岖坎坷。哀莫大于心死，也许正是曾经历经的种种，让这个男人的热血慢慢冷却，不愿再在纷繁的人事中纠缠。曹操身死之后，曹氏王朝动荡不安，一场兄弟王位之争蓄势待发。此时的曹丕和曹植成了两大对垒的选手，而置身事内的阮瑀再次放弃了主动权。

他万千哀婉地站在圈子外面，仰起明净的眼眸看着这场战争毫无硝烟地燃起和结束。只是不管阮瑀如何地不愿涉足仕途，他和这个时代的故事都已经定格在了那个瞬间。世事的翻覆灼伤着他的理想，进不能继续仕途，退不能安守山林。上苍开的这个玩笑，生生地将阮瑀涮了一把。这个男人本该属于文字和琴韵，却因为曹操的一意孤行而令他出仕，直到最终，他自己才明白，这一切的过往皆是虚妄，最为清淡的岁月还是最初隐居山林的日子。

只是，太迟了，就算有可能再回到山林中，却早已不是原先的模样了。历经了起伏的他，已失却了那份浅淡柔软的心情。

思子沉心，长叹无言

人与人之间的际遇，壮烈若火，温润如水，总有一些人的相逢是值得纪念的。李白和杜甫的相遇，像是太阳和月亮在同一片天空中相逢，迸发出唐代诗坛中最炫目的光。俞伯牙和钟子期的相遇，是高山和流水相伴，溪水击石的声响，鸣奏了乐坛最恢宏清雅的乐音。

有些人的相遇好似璀璨的烟火，照亮了整个寂然的夜空，得以流传于世；有些人的友谊，在历史长河中静默地流淌，只有从细末枝节的词句中才能窥见。这份隐秘迂回的友情光明磊落，坦荡至极，却恪守着沉默是金的原则，只有懂得的人才能欣赏。

建安七子中有一人颇得曹操和曹植的喜爱，时常与他饮酒做对，畅谈歌赋，对他委以重任，此人便是刘桢。后世称之为"文章之圣"。

他在七子中颇负诗名，曹丕称他："五言诗之善者，妙绝时人。"钟嵘夸他："仗气爱奇，动多振绝。贞骨凌霜，高风跨俗。"刘桢作诗如做人，狂放不羁，凛冽傲骨，字里行间多是情骇言壮之词。正因为刘桢放荡不羁的性格，在曹丕设宴之上，甄氏出来与众人见面，大家纷纷下跪以示尊重。但刘桢因为厌恶曹丕抢夺他人之妻，不肯对甄氏下跪，惹得曹丕大怒，当下便要将刘桢处死。后来经人求情，曹丕才网开一面，将其关进牢狱。

本是耿直地想要表达自己内心的不满，却不料惹来了牢狱之灾，这让刘桢甚为愤慨。然而，世间之事总是变幻莫测，在结局到来之前，谁也不能断定，下一个路口是一马平川，还是穷途末路。事有凑巧，刘桢被关押的北寺狱旁边，便是他的好友徐干办公的地方。

二人相距只是一墙之隔，因为刘桢直言不讳，便踏入了囹圄，自此仕途断送，这荒僻的监狱也便成了他的归宿。而隔壁的公堂好似一个巨大的讽刺，曾经于此处办公，如今摇身一变却成了禁锢他的工具。如今，安坐于公堂之人，是他的好友徐干，想必他当时内心应当是充满了失意和惆怅的，不然，他也不会写下这样一首诗。

谁谓相去远，隔此西掖垣。拘限清切禁，中情无由宣。思子沉心曲，长叹不能言。起坐失次第，一日三四迁。步出北寺门，遥望西苑园。细柳夹道生，方塘含清源。轻叶随风转，飞鸟何翻翻。乖人易感动，涕下与衿连。仰视白日光，皦皦高且悬。兼烛八纮内，物类无颇偏。我独抱深感，不得与比焉。

刘桢《赠徐干》

此诗便是刘桢在服刑期间，痛楚难当时，写给徐干的。诗中倾诉了自己被囚禁的痛苦与不满，亦不乏对徐干的思念之情。虽然二人相距不远，但依据那时的法律法规，二人想要见一面，并不是那么容易的。故而，刘桢只能将自己对好友的思念写入诗中，以此来表达自己内心的愤懑。

想念是幽深岁月中的一抹亮色，让孤独之人在愈来愈黯淡的时光中，寻到支撑下去的力量。刘桢便是借助着对徐干的想念，在牢狱中坚持到赦免。这份无须向他人多言的情谊成为围困之时支撑他的暖意。一切苦痛并不因漫长的等待，坚守正义却不被认可的失落而消散，友人邻近却不得相见总让人气愤不平。

"起坐失次第，一日三四迁。步出北寺门，遥望西苑园。"终日惶惶然坐立不安，在狭窄的牢狱彷徨徘徊，两人相隔仅仅是一步之遥，却好似隔了天涯海角。想见却不能见，想来这份深沉的友情比蚀骨的爱情还要折磨人。纵然刘桢因性格刚烈似火而遭到关押，却从未改变心性，依然语气激昂地抱怨现实的不公。

"仰视白日光，皦皦高且悬。兼烛八纮内，物类无颇偏。"刘桢从不忍气吞声，从不阿谀奉承的心性在这首诗中展露无遗。清代文人刘熙载说他"公干气胜"（刘桢，字公干），实在也是有些道理的。

谁说失意的人就一定要萎靡，刘桢的心中便充满了向往，他眼神坚定地看穿了这世事变化，将内心积郁的沉闷一吐为快，只是不知道作为他的好友，徐干最终有没有看到这首诗。往事禁不住揣摩，男人之间的友谊更不需要猜测。因为真诚和坦率，纵使经历再多的苦也不怕失去。当年李白的船刚要启碇，汪伦便在岸上踏歌而来，这比桃花潭水还深的情意，至今读来仍然令人动情。杜甫在一个风起的秋日，忽得念起李白，随手便写下："凉风起天末，君子意如何？"

生离固然让人垂泪，死别却更是让人动容。有些人的音容笑貌已然在时光中，渐渐漫漶不清，但偶尔翻起往昔的信笺，那熟悉的笔墨，总让人禁不住泪流满面。此生相知相惜的知音离世，那份缺失的伤痛只有经历的人才懂得。这份无法言说的痛，在王粲笔下化为文字，记录在古纸上，洇晕成团，令人遐想。

日暮游西园，冀写忧思情。曲池扬素波，列树敷丹荣。上有特栖鸟，怀春向我鸣。褰衽欲从之，路险不得征。徘徊不能去，伫立望尔形。风飚扬尘起，白日忽已冥。回身入空房，托梦通精诚。人欲天不违，何惧不合并？

王粲《杂诗》

全诗直抒胸臆，哀婉动人，将对友人的深情抒发得淋漓尽致。王粲的这首《杂诗》比起刘桢的《赠徐干》来，多了几分哀思，少了几分愤慨。

游园中，池水蜿蜒而流，木丛笔直成行，这本是一片明媚朗净的景致，而在王粲眼中却满是哀愁。清代文人王夫之有言道："以乐景写哀，以哀景写乐，一倍增其哀乐。"王粲下笔时便是如此，他以文人独有的清明内心和坚硬的自我意识，以及细腻的情感，将他对人世无常的看法，无论是赞许还是误解，都一一描摹在心。

这份细腻的感情，也许人们要等到很久以后，才会发现它的价值，但是王粲在那游园中，早早便深知它们的精髓。他在那片幽静的庭院景色中，浮想翩翩，看到了万般他想象中的景象，"上有特栖鸟，怀春向我鸣"。由树上孤独的飞鸟，想到了远方的友人。飞鸟时时哀鸣，好似在向他声声召唤，于是他快步向前，希望可以循着这清晰的鸟鸣，拨开前方的层层迷雾。

但是道路险阻，举步维艰。游园之内自然通畅无阻，寸步难行的是荒芜的人间，是动荡的乱世。梦想丰腴，现实寒瘦如冰。王粲将自己的幽思和社会的动荡，有机地结合在了一起。当现实与理想交织之后，所带来的冲击已经能掀起惊天的波浪。

王粲的内心情感随着诗句的延续而延伸下来，纵然梦境与现实不过是一道光的距离，王粲用尽一生也未能跨过去。他能做的唯有选择退回房中，暗自哀叹"人欲天不违，何惧不合并？"怀揣着这样矛盾的心情，明明担心难以与友人再度重逢，却偏偏还要安慰自己这有什么可怕的呢？纠结的内心在摇摆的世风中孤独地摇曳，深沉含蓄。

长歌哀叹，有时要比恸哭更动人。无声涕泪纵横，要比哀号更悲伤。这种淡然如水的君子之交在古老的岁月中酿成陈酒，馨香扑鼻。

卷二 竹林名士自风流

嵇康、阮籍、山涛、向秀、刘伶、王戎、阮咸……他们在田园竹林间恣意酣畅，笑傲古今；在狂啸与痛哭中，继续另类的活法。

狂狷秀慧，忧思独伤

二十一岁英年早逝的唐代诗人王勃，天性狂傲不羁，正值少年意气风发之际，临江写下千古名作《滕王阁序》，自此史册载入他的名字，也记下了他的痴狂。就连放荡不羁的孟尝、阮籍与之相比，恐怕都有所不及，甚是惊煞旁人。"狂"大概是文人墨客之中大才者最渴望达到的一种完满状态，他们的狂放并非自满自傲，而是一种痴念，觉得世间再无人胜过自己。然而，或许旁人对王勃的大言不惭略感不满，但如若换作阮籍，听到少年这般狂言，怕是也不会在意。毕竟他的心要远比王氏来得宽阔，他所为之心如刀绞的事情，也远比王勃来得深远。

竹林七贤本就是狂放之人，阮籍则是狂人中的表率。他喜好驾车四处游玩，天生嗜酒如命。饮酒即醉，醉后便驱车游荡，行至半路，时常伏地恸哭，倒不是因生平婉曲的经历，只是因前路难行。王勃为此而嘲笑他，"阮籍猖狂，岂效穷途之哭？"如自己般青春年少，即便穷途末路也不必如此伤心。然而他又怎能体会阮籍的痛心呢？

时光匆匆，人生路途坎坷艰辛，独自一人驱车在这路上行走，左右是荆棘与猛兽，奔逃至前方却已无路可逃，这种绝望并不是王氏这般年轻人所能体会的。阮籍的悲苦，并非实在道路上的崎岖难行，而是感叹他的命运，他的人生。魏晋乱世之中无法抑制的苦痛，又岂是政治清明时期的王勃能够理解的，倘若王氏多活几年，大概也不会有滕王阁前的豪言壮语。

穷途之哭，是一个时代灵魂的哀号。阮籍的悲伤与无望，也许是当时时代的缩影。士大夫阶层往往是朝代更迭之中的牺牲品，他们无法遵从内心的指引，做出自由的决策，唯有随着时代的洪流，或是逐波而去，或是沉溺水中。魏晋交替之际，魏王曹芳被司马氏所控，作为士大夫阶层的名士，要么跟着曹氏一同灭亡，要么跟司马氏合作。面对这两种选择，一些人采取了消极抵抗的方式。

阮籍作为名传天下的才士，恰恰是这无法自我抉择中的一员。他曾少怀大志，热血沸腾，欲要凭一己之力，扭转乾坤，奈何这个混沌的世界，从不给他任何机会。尽管此时晋帝司马昭对他十分赏识，但文人的傲骨岂容他低头，故而，他几次醉酒躲过司马昭的招揽。于他而言，如此既能保住自己的气节，又能避免一死。然而同为名士、又是阮籍好友的嵇康并不深谙此理，誓与司马氏相抗衡，最终沦落到死于非命的下场。

在权势的倾轧下，阮籍的内心远不及他的外表看来那样镇静自若。他母亲去世时，他本应忌酒忌荤，却去赴司马昭的宴席，与群臣下棋吃饭，喝得酩酊大醉。其实他并不是不痛苦，而是痛苦到一定程度心已僵硬麻木。多半人认为，阮籍以老庄为师，效仿其对生死泰然的态度。庄子在妻子死后，非但不悲伤，反而为他妻子脱离人世疾苦而感到高兴。然而庄子是真洒脱，阮籍不过是不得已之时的不得已之举。下棋时迟疑的手，宴席中酩酊大醉却依旧清醒的心，都泄露了他的悲伤。曹操说"何以解忧，唯有杜康"，仿佛酒可解尽世间忧愁，李白却说"抽刀断水水更流，举杯销愁愁更愁"，言下之意，愁竟无法可解。因为愁得太重，伤得太深，阮籍几乎是在乱世当中，在醉酒之后写下咏怀诗最多的人。他一生作诗百余首，流传不过九十余首，《咏怀诗》就有八十二首，后人一直把这些诗作为考证阮籍一生经历的依据。的确如此，阮籍思卿、思家、思社稷的想法皆糅入这些诗中，压抑在心中的痛于诗中明显可见。

　　　　夜中不能寐，起坐弹鸣琴。
　　　　薄帷鉴明月，清风吹我襟。
　　　　孤鸿号外野，翔鸟鸣北林。

徘徊将何见，忧思独伤心。

阮籍《咏怀诗》八十二首（其一）

千年来，心思颇重的人向来好咏怀，无论借物借景，只要内心有悲苦，随手拈来一片叶子，看着它有半点枯黄也会痛哭流涕，赋诗一首。阮籍的诗没有过分雕琢，毫无匠气。信手而来的伤痛，浓稠的愁苦，融化在墨中，随着如椽大笔的挥洒，点点滴滴化作了内敛的悲伤。不追求华丽，狂而不放，却如金石，坚固不可摧毁。每一字每一句，看似波澜不起，却不比多愁善感的人少一分细腻，故而见到午夜苍凉，如何能不将内心的无限悲伤写进诗歌呢？

诗首即言那时正是午夜，他辗转反侧，难以入眠，便索性起身来到窗边对月抚琴。看着月光洒在床帷之上，影影绰绰，清风徐来，掀起了他的衣襟。在这般清寂的夜晚，野外偶尔传来孤鸿鸣叫、倦鸟啼吟，阮籍突然为它们的凄鸣感到痛心。自己孤身在外徘徊也就罢了，鸟儿们也同样于空中徘徊，找不到自己的那片林子，原来，大家都是这样形只影单，都迷失了归途。大概他就是那只荆棘鸟，要么飞翔，要么坠落。南朝宋的诗人颜延之生平喜欢考证，他曾说"阮籍在晋文代，常虑祸患，故发此咏耳"。这个生平历练与阮籍相近的文人，认为阮籍总是写悲情诗，原因在于晋文帝在位时世人多虑祸患。"晋文代"指的正是司马昭当政时期，此是因他去世后被追封为"文帝"之故。晋君向来多猜忌，是以当时的名士即便有报国之心，却仍惧怕入朝为官。阮籍忧谗惧祸，才躲进竹林深处，独自伤心苦闷。颜延之对阮籍的这番推测不无道理。多半后人皆认为阮籍的咏怀诗太过隐晦，好似迷宫一般，不知究竟想要表达何意，可身处于令人惧怕和幻灭的时代，有多少人敢于直言自己的痛楚与不满呢？

阮籍并非没有想过完全放下，彻底远离尘嚣，求仙问道。他喜采药炼丹，希望借由仙丹来飞升，却知希望极其渺茫。"采药无旋反，神仙志不符。逼此良可惑，令我久踌躇。"（《咏怀诗》）诗中已经表明，他曾奢望去做个逍遥神仙，可是天人之路又虚不可及。于是，他只得放弃服用莫名其妙的药，改以饮酒和投入山林来逃避现实。

嘉树下成蹊，东园桃与李。秋风吹飞藿，零落从此始。

繁华有憔悴，堂上生荆杞。驱马舍之去，去上西山趾。

一身不自保，何况恋妻子？凝霜被野草，岁暮亦云已。

阮籍《咏怀诗》八十二首（其三）

这首诗的前两句即引出了古代的一个典故："桃李不言，下自成蹊。"此话言下之意便是桃李虽缄默无语，却默默把春色播进土壤，其开花之后的嫣然妩媚，结果之后的香甜美味，仍是人们心中的最爱。去欣赏和采摘它们的人自然会在树下踏出一条蹊径。阮籍的庭院里便种了许多桃李树木，每天看其花开花落，结出美好的果实。不过，秋风吹过，枝叶便凋零了，往日再美艳的树木一旦褪下华丽的衣裳，不过变成了枯木衰草，左右顿生荆棘的残叶。

花开花落本是万物生长的规则，年复一年岁岁枯荣自然如此，可是在阮籍看来，却充满了惶惑与清冷。想当年，他对功名的奢望如今已化作虚无，他之所以仍是痛苦不已，并不是得不到显赫的地位，而是失去荣华富贵变得没落。没有繁华就没有衰亡，就像花开得茂盛、果结得琳琅，可秋风扫过仍不免要褪去衣装变得沉寂。

人生无常，胜败有时，朝不保夕的日子实在让人寝食难安。阮籍觉得能获得解脱的途径唯有驱车逃至山野，甚至不惜与妻子亲人离散。可是，远离了桃李繁茂的庄园，就不会看到田野间的荣枯景象吗？天地有时，四时无惑，野草也会毫不犹豫地随着寒冬的到来沉睡于泥土之中。在这首诗的末尾，阮籍显得更加无奈了。

偌大的天地间，唯独留下一幅他"泪眼问花花不语"的情殇景象。大抵唐时狂士李太白能懂得阮籍的这份寂寞，李白终其一生在入世和避世中迟疑，心怀大志却不得起用，受过帝王的喜爱，却只能做个闲散之人。可惜这两人生不同时，不能引为知音，纾解同样的落寞。阮籍之诗与其人一样，充满了幻灭感。他不是完全地抨击时政，为怀才不遇而不满，也不是完全地脱离形体，求得飞升。他既不愿与世事同流合污，又不能真正地与现实划清界限寻觅归趣，故而在左右皆尴尬的局面下，变得绝望甚至痴狂，从痴狂再到无望的幻灭。也许正是这样的挣扎，令他变得更加灵秀和迷离难懂，使后人不断地对他的心思进行揣摩，最后连累得后人也变得痴痴迷迷，与阮籍同苦同悲。

醉世独醒，广陵绝响

一个真正的乱世。这是余秋雨对魏晋的评论。

中国的朝代更迭，大概自秦始皇统一六国以后，再没有如魏晋一般的乱世。它曾出现过一批名副其实的铁血英雄，遵循着"成者为王，败者为寇"的政治逻辑，在血雨腥风中开拓生存之路。等到英雄迟暮之后，斗争的激情与后坐力仍在，被英雄们的伟力所掩盖和制服着的各种社会力量也在猛然涌起，为自己争夺权力和地位。这便是曹魏与司马氏间斗争的最佳写照，政坛一改当年的壮志雄图、华丽清爽，只剩下明争暗斗、投机取巧，充满权术、策反和谋害。

专制统治制造的表面有序实则混乱的社会，使许多文人不幸地掉入政治深渊，摔得粉身碎骨。文人与朝廷的接壤之处无非在治国之处。历史上大多数治国政策出于文官，武官则负责守护江山。如此一来，文人集团的出现把政治斗争不断地复杂化，最后酿成极大的恶果，连累很多名士死于政治屠刀下。前朝的晁错，后世的王融，都是最有力的佐证。彷徨无措的文人，看着屠刀下不曾凝固的血迹，更加慌乱。明智的文人，要么"识理体而合经义"，仕新朝，换身份；要么遁入山林，一壶酒一株柳，再不问世事。然而并非所有人都有这份心力，懂得如何制衡。身处乱世的阮籍，是名士当中把变节和远遁处理得比较均衡的人，所以他有幸能对人生进行幻灭式的哲学思考，超然于世人之上。然而，他的好友嵇康并没有那么"明智"和"幸运"。

阮籍与嵇康最初并不相识，而后经过七贤中最为年长的山涛介绍，两人一见如故，颇有英雄相惜之感，于是成了竹林中形影不离的琴乐酒友。他们经常袒胸露背地在山亭里喝酒、弹奏、唱歌，中国古代音乐史上便有"嵇琴阮啸"的传说。据闻阮籍的歌喉非常爽利浑圆，于山野间呼啸吟唱，余音久久不绝，加之嵇氏绝妙的琴艺，二人一弹一喝，远近林鸟纷纷聚首而来，聆听妙音。此等情景大概也就只有话本戏剧里才可见。

> 乐哉苑中游，周览无穷已。百卉吐芳华，崇台邀高跱。
> 林木纷交错，玄池戏鲂鲤。轻丸毙翔禽，纤纶出鳣鲔。
> 坐中发美赞，异气同音轨。临川献清酤，微歌发皓齿。
> 素琴挥雅操，清声随风起。斯会岂不乐，恨无东野子。
> 酒中念幽人，守故弥终始。但当体七弦，寄心在知己。

嵇康《酒会诗》

嵇康写此诗，或许正是与阮籍等好友诗歌唱和时，情绪想必既欣然又怅然。他身处百花林木交错的风景优美处，上有山峦浩渺，下有游鱼临渊，举头观望鸟翔，俯身可钓鲤鲫。容身于自然之中的嵇康，一边饮酒，一边操琴而歌，生活的惬意不是三言两语能概括的。

然而在这欢愉至极的情境中，他的心情陡然失落，乐而忽悲。"斯会岂不乐。恨无东野子。"原来他在高兴之时猛然想起昔日好友，感叹朋友"东野子"无缘再参加自己的音乐酒会。

"东野子"是嵇康深深思念的人，他本名为阮侃，官居河内太守，与嵇康的交情几近金兰，后来阮侃迁居东野。由于二人多年不见，所以嵇康才借"东野子"来指代他，以表自己的念旧之情。然而，思故人不过是嵇康突然惆怅的一个诱因罢了，他真正的悲伤皆由魏末朝政混乱而起。

对魏晋两股势力的角力，嵇康深恶痛绝，他自视清高，自然要如屈原一般，他人皆酩酊大醉，唯他遗世清醒。故而，他的言志诗大多都自表清白。可是污浊不堪的俗世岂容许他保持这样的洁净。莲花出淤泥而不染，超凡脱俗，靠的是中通外直不蔓不枝。而士人若要保持一份清明，唯有以死明智。

帝王之心向来难以猜测，晋文帝司马昭当政之时，为招揽嵇康费尽心力，而嵇康却始终无动于衷。这自然令九五之尊的天子丧尽颜面。高高在上的帝王，对于他的子民有着天生的控制欲，一旦脱离他的掌控，就绝对不能再让其存在下去。嵇康大概和后世的关汉卿一般，想做一颗蒸不熟，煮不烂，锤不扁，炒不爆响当当的一粒铜豌豆，做一个潇洒的竹林散人。然而锋芒外露的才华，却偏偏让皇帝看中，注定要任其搓圆捏扁。

很显然，在与帝王周旋时，嵇康没有任何优势，亦没有阮籍的聪明，终为守节而绝命。也正因如此，诸多后人都以此事来衡量阮、嵇二人的人格，认为阮籍在气节上略逊一筹。残缺正是一种完美，遗憾恰能造作独特，痛楚恰能成就刻骨铭心，艺术与世人皆是如此。嵇康的缺点与独特刚好是他的倔强与不屈服。其实他并非一个没有任何政治抱负的人，只不过不屑与司马氏为伍。为了躲避司马昭的纠缠，他甚至曾到洛阳郊外当个小小的打铁匠，偶尔投身自己的爱好中，研究一下玄学。

嵇康对玄学的崇敬已经到了中毒的地步，且嗜好炼药吃药，希望荣登仙籍，是以对儒家学派颇为不屑，这也是他远离仕途之由。然而，当朋友吕安有难、被官府扣押时，他又去做了"状师"，据理力争，甚至大骂统治阶级遵儒的迂腐，公开高唱老庄调，以"越名教而任自然"来反对儒家思想对天下百姓的人格统治。

嵇康向往自由，他不甘愿成为统治者的利刃，霍霍地割掉百姓心中的清明和灵性。放荡不羁的他无法坐视不理朋友深陷囹圄，不施以援手，所以早早远离仕途的他，断然走出山林，走进统治者的视野里。黑暗的政治，虚伪的礼教，让他不屑。离经叛道，菲薄圣人的言行举止无疑是在抚触司马氏的逆鳞。那个曾经立誓笑傲山林，远离是非的嵇康，就这样不得已投身官场的染缸中，做了困兽。他本愿保持自己心境的清明，但整个时代的污秽已蔓延至每一个角落，于是他只得再站出来，投石问路般鸣不平伸张正义，却一去不见踪迹，发出三两声呼喊却后继无人。直到后来他的勇气、决绝，以及对统治者的拒绝都成了催命符。

如若统治者要置人于死地，此人做出再大的努力亦无济于事。因藐视圣人经典，危害江山社稷的罪名，司马昭对嵇康更加忌讳。于是在奸佞之臣的谗言围攻下，司马昭下令将其处死。在其临刑之时，三千太学生为其请愿，"海内之士，莫不痛之"。这或许也是嵇康身亡的一个诱因，司马昭本就是不臣之心的臣子称帝，他更懂得人心所向的利害。面对太学学子，未来的士大夫之徒如此逼迫之举，只会更加恼羞成怒。嵇康作为比皇帝还要有号召力的人，司马昭如何能不嫉恨，誓言非要嵇大才子之命不可。

狂放旷达的嵇康，不齿为官，不畏权势，宁可归隐山林，以打铁为生。饮一杯酒，作一首诗，遁迹青山绿水间，将山林的欢愉欣悦活到了极致。纵然这狂妄为他招来了杀身罪名，但直至死亡，嵇康非但不惧，甚至在刑场上从容潇洒地笑了，向人要过一张琴，面对万千的送行者，起手抬袖按下琴弦，奏出一曲《广陵散》。

《广陵散》本非嵇康所做。广陵原是扬州的古称，可见它的曲调应源于江东一代，是早在秦代便已存在的古乐调。《广陵散》的曲谱在人们手中辗转来去，经历数百年轮回，至嵇康手中已经不再完美，也并不存在远古的灵气。嵇康选择在赴死前弹奏，也许是看中了《广陵散》的前曲幽咽、黯然销魂，后曲空明有力、海阔天空。该曲的前调后调转折如同灵魂的阴阳两面，迥异非常，彼此相生相克，亦如嵇康的诗和他的人一样，一生曲折，有悲也有喜，有对世事的不能谅解，也有对人生的参透和淡然。

从容就死，嵇康仍不假他人之手，选择自我结束这段悲哀却也有趣的一生。他推开琴台，借侩子手中的刀引首刎颈。至此，被他倾尽生命之力完美了的《广陵散》成了绝韵，正如余秋雨所说，如同"遥远的绝响"，永世不能再闻。曲终人散，污浊的淤泥之中，纷乱的洪流之内，嵇康再不用担忧那身清白被黑暗沾染。曲如人一般，从容而来，从容而去，宁做绝世奇人，不屈就俗世鬼。大多时候，怜惜嵇康的人宁愿他选择追求玄道，去炼药求仙，也不想看到他绝命刑场。可偏偏绝命的一刻，成就了他的永恒。

佳人遗世才独立，恐怕就是这样。

酒徒狂士，放情肆志

　　酒自出现之日起，就融入了国人的骨血里。一杯佳酿或香醇或辛辣，总能勾起相应的情怀，让人欲罢不能。或用来遗忘悲痛，或用来逃避乱世，或用来乘兴欢饮，没有一个理由不适合饮酒。所谓没有规矩不成方圆，即便是饮酒，亦是有所约束，那便是"酒德"。

　　酒德素来是中国饮食起居该遵守的德行之一，商纣王荒淫腐化、极端奢侈，以酒为池，悬肉为林，最终落得国破家亡的下场。儒家的酒德提倡戒酒或节饮，这无论对身体抑或是风俗，自是有益无害。然而，如若饮酒这般雅事被禁止，反而是对酒文化的伤害。平日闲暇时，或是约上三五知心好友，或是独自举杯邀月，皆算得人生幸事一桩。

　　自古以来，史中便不乏嗜酒如命之人。先秦宫廷王室常借酒闹事，魏晋有一大批文人名士以酒麻痹人生，唐代有李白这个酒中诗仙。好酒之人真如海上浪花，此波未平，另一波又起。然而，真正对"酒德"的形成有贡献的贪杯者，大概唯有刘伶一人了。刘伶是竹林七贤之一，《晋书》曾说其"身长六尺，容貌甚陋"，许是因形体外貌上略有自惭，故而平时沉默寡言，唯见酒才放情肆志。其实所谓竹林七贤，是东晋之时人们强加冠上的，喜好山野生活的人自不在少数，不过这七人时常聚集于竹林之中，饮酒纵歌，肆意酣畅罢了。

　　纵然七人皆有饮趣，但是真正在喝酒方面有心得的也只有刘伶一人，其他人借酒消愁的成分居多，刘伶却多引以为乐趣，并且将饮酒奉之上乘，为其表彰。因而浸在酒坛半醉半醒的他，写下这篇二百余字的《酒德颂》，本作自赏之用，不曾想写成了亘古妙文，把饮酒升华到了一种玄奥的境界。

　　有心栽花花不开，无心插柳柳成荫。世上的事就是这般奇妙。

　　有大人先生，以天地为一朝，万期为须臾，日月为扃牖，八荒为庭衢。行无辙迹，居无室庐，幕天席地，纵意所如。止则操卮执觚，动则挈榼提壶，唯酒是务，焉知其余？

有贵介公子，缙绅处士，闻吾风声，议其所以。乃奋袂攘襟，怒目切齿，陈说礼法，是非锋起。先生于是方捧罂承槽，衔杯漱醪。奋髯箕踞，枕麹藉糟，无思无虑，其乐陶陶。兀然而醉，豁尔而醒。静听不闻雷霆之声，熟视不睹泰山之形，不觉寒暑之切肌，利欲之感情。俯观万物扰扰焉如江汉之载浮萍；二豪侍侧焉如螺蠃之与螟蛉。

刘伶《酒德颂》

该篇颂里出现的主人公是个德行高尚的老先生。在文章的起始处，老先生便称自己喝酒已到一种超凡的境界。他把天地开辟作为一天，把万年作为须臾之间，以日月作为门窗，以天地八荒作为庭道。行走无迹，居无定所。以天为幕，以地为席，无论何时都沉湎于杯酒，放纵心意，随遇而安。到此等程度，该算得上是非常逍遥的人了。

老先生究竟是否为刘伶的自喻，看刘伶平时的作为便能知晓一二。大概是醉酒后便忘乎所以，他常常自诩能遨游天地。平日中他便以酒傍身闻名于世，沉湎于陈酒之中自是让妻子极为担忧。《世说新语》里有一则逸闻：刘伶一次极为口渴，便触发了酒瘾。但四处搜寻，不见美酒，原来是妻子因丈夫饮酒太过，不利于养生，一气之下"捐酒毁器"，将其美酒倒了个干干净净，连盛酒、喝酒的器皿也一并砸毁。非但如此，妻子还动之以情、晓之以理，涕泪交加地劝诫丈夫"宜当断之"。

刘伶贪杯，不可一日无杯中之物。妻子劝他戒酒，刘伶本该抵制才对，孰料他竟答应得十分干脆："甚善！我不能自禁，唯当祝鬼神自誓断之耳。便可具酒肉。"妻子自是满心欢喜，很快便把供奉鬼神的酒肉准备好了。刘伶趁着妻子不在，对神台上的神明说他天生以酒为名，无酒不欢，于是便将供奉鬼神的祭品当成了自己的大餐。等到刘夫人回过神来，刘伶已经酒足饭饱，醉倒在地。

对于酒完全没有抗拒力的刘伶，自然酒后就更加毫无约束。他曾因喝酒喝得太多，为了散热而脱光衣服，大字状躺在自家屋内。一次客人进屋找他，发现他裸身而卧，便讽刺他放纵。刘伶笑嘻嘻地说："天地是我的房屋，室内是我的衣裤，你们为什么要钻进我的裤子里?"客人顿时无言,尴尬地离开了。便是这样一个毫无礼仪的醉鬼,于玩世不恭中显现了他的灵机。故而世人几乎可以肯定地说,《酒德颂》里的老先生必是刘伶无疑。刘伶虽然好酒到了放荡不羁的程度,可是依然很有骨气。这种生活状态和精神境界,又何尝不是刘伶心中真实的追求?即便有"贵介公子"无法忍受他"唯酒是务,焉知其余"的行为,他亦为此敛袖缩襟,张目怒视,咬牙切齿予以反驳:礼仪法度又算得了什么,真正的是非自有公道人心去判定。

故而,他依然衔杯痛饮,枕着酒槽入睡,无忧无虑,其乐陶陶。困了便睡,醒了便饮,什么四时寒暑、声色货利,都像脚下随波逐流的"江汉之载浮萍",渺小得不值一提。全颂洋洋洒洒,尽是刘伶的不羁风度。

刘伶同阮籍和嵇康一样,崇老庄,好玄学,却更添三分任性胡为的调子,因学识不足,限制了他在文学上的成就,并不等于在精神上也受到外物的牵制。他嗜酒,不惜为了酒而不顾德行,但他并没有因此郁郁寡欢,反而聪敏有趣。

酒似乎已经变成了刘伶的生命,这个不羁的酒鬼对酒的热爱和热情是其他好饮者无法企及的。李白爱酒,但于他心中酒更多的是一种寄托,消解愁苦。刘伶则饮得畅快淋漓,喝酒好像呼吸一样自然。或许竹林七贤中,刘伶之貌无法与他人相媲美,但论及放荡不羁和轻狂,别人则无法企及,其酒德更是举世无双,堪称好饮者的典范。香醇丝滑的美酒让他书写出酒文化的精华之篇。

竹林七贤当中,嵇康、阮籍、山涛、向秀等人都才高八斗,名留青史,刘伶以喝酒成名,以一篇《酒德颂》传世,彰显他不落于人后的才气,尽显真隐士风范。他自知酒中趣,生忘形,死忘名,也正因如此刘伶得以躲避司马氏的屠刀,寿终正寝,在醉乡中享受属于自己的人生。

他饮酒赋颂,给中国的酒文化增加了浓墨重彩的一笔,可他本人到底是有酒德还是无酒德实叫人说不清楚。他不顾体统,该是无德,可又参透了喝酒的最高境界,将世间一切抛诸脑后,无为无我,早已达到神圣，状似德行绝佳。

其实，真正的酒德在饮者的心中，而不是流于形式的规定，这不正是酒被赋予逍遥和自由含义的本质所在吗？像是电影《红高粱》中，在一片赤黄、黝黑的背景下，如甘泉的酒积渐出来也变得那般清朗明晰，冲刷出最淳朴和真实的乡土人情。酒德，该是源自人心的沉沦抑或看破吧。

乱世知音，相惜相契

友情是心和心的贴近，并不是人与人的相逢，都会激荡出友谊的火花，并不是所有的朋友都能许以相知之意。繁华时节锦上添花的大有人在，危难之时雪中送炭的又有几人。多半人以为友情必须是同一阵地、同一战线无条件地支持，然而真正可贵的是即便意见相左，依旧愿意将自己的后背交予对方。

俞伯牙钟子期因琴乐相识，互为知音，是以当钟子期离开人世之时，伯牙不惜断琴永绝音乐，以慰藉朋友的灵魂。这份决绝和坚韧如同悬崖上的芝兰，悄然立于陡壁之上，无畏风雨，兀自绽放出幽香。樊於期愿为友人荆轲成就刺秦之举，自斩头颅，这份壮烈宛若黑夜之中熊熊燃烧的火焰，璀璨夺目。或许不必如此，君子之交淡如水，平静的相知亦能够容纳友情的坚韧和壮烈，读懂浮于表面的繁华和色彩才能了解，山河不足重，重在遇知己的快慰。

魏晋年间，适逢乱世，衡量友情考验人心的机会比比皆是。司马氏在与曹魏斗争时，对文人名士所采取的高压政策令很多人都小心谨慎，甚至连交友都要仔细认清，以免陷入不义的境地，连死于何事都不清楚。然而就在这般混沌荒蛮的时代中，竹林深处、碧溪潭边七位超凡脱俗的贤士恰巧遇见了彼此。

阮籍、嵇康、山涛、向秀、刘伶、阮咸、王戎的肆意畅快，让人欣羡。他们志趣相投，伴游竹林之中。同为俊才，却也不自知地应了文人相轻之言，在文海之中他们彼此惺惺相惜，毫无芥蒂，但在仕途之上屡起争执。在竹林七贤里，最先选择做官的便是山涛。山涛博学多才，性格老厚，众人中他最为年长，对于世事的看法自然成熟，行事圆通。故而当司马氏屡次要他入仕之后，山涛选择了服从，随之他又出面拉拢嵇康一起做官。嵇康作为"七贤"的精神领袖，向往归隐山林的生活，又与魏宗室通婚，故对此次拉拢嗤之以鼻，且决然地写了一封"断交书"，便是后世有名的《与山巨源绝交书》（山涛，字巨源）。其中字里行间大有类似"道不同，不相为谋"的伤人字眼。

一纸白书，数十年友情就此断绝，山涛的痛心非言语能说尽，同时嵇康本人也并非不痛苦，在他内心深处，他还是对这段友谊倍加珍视的。于是，当嵇康赶赴刑场时，还是将自己的儿子托付给山涛抚养。仕途理想不同的两人虽然留书断绝恩义，却是真正的挚友。道不同不相为谋，虽然两人因为志趣不同断绝往来，但绝对没有管宁断席绝交，不屑离去的无情与孤傲，因彼此了解至深，他们之间更多的是管鲍分金的拳拳诚意。嵇康或许不同意山涛圆滑的官场作为，却深知黑暗混沌的时代之中，唯有这位老友能够生存下去。所以他没有托孤懒散的阮籍、随性的刘伶、无为的向秀，而是将后代交予因一时意气之争留书绝交的山涛。

山涛似乎能够体会这位曾经好友的一片苦心，嵇康临死之前托孤的行为说明他对自己信任如一，并想借托付子女的举动来表达他对山涛最深切的歉意。是以当山涛见到嵇康幼子嵇绍时老泪纵横，果然在二十年后荐举嵇绍为秘书丞。如同爱情一般，友谊如若那般容易被拆散，便也不是真正的友谊了。以嵇康毫无拘束的性格和悠闲自在的品性，对友情的羁绊仍是舍不下、放不开。

为嵇康之死痛心疾首的不只是山涛，向秀犹有过之。向秀，字子期，是七贤中与嵇康私下往来最密切的人。嵇康为吕安辩护而被陷害至死，向秀是二人最为亲近的密友，听闻此噩耗顿时感到悲愤交加，对未来的人生旅程更加绝望。

自嵇、吕二人过世之后，司马氏坐拥天下，向秀深感难以自保，他不像嵇康那样崇拜黄老，对正统儒学完全否定，更倾向寻求二者的平衡。于是时日不久，向秀为了避免司马昭的迫害，不久即赴洛阳应郡举，接受了司马氏的招揽。归程中他绕到山阳嵇康的旧居前来凭吊，望着故人茅庐在夕阳下清冷的影子，忽闻邻人吹奏笛曲之音，心中无限感怀，想起挚友嵇康临刑之时"顾视日影，索琴而弹之"的神情举止，其从容的气度、视死如归的气概，荡气回肠，亡友的德才和风度如在眼前。顿时悲从中来，老泪纵横，回到家中写下了怀念旧人的《思旧赋》，字字情真意切，句句形如泣血。

　　将命适于远京兮，遂旋反而北徂。济黄河以泛舟兮，经山阳之旧居。瞻旷野之萧条兮，息余驾乎城隅。践二子之遗迹兮，历穷巷之空庐。叹《黍离》之愍周兮，悲《麦秀》于殷墟。惟古昔以怀今兮，心徘徊以踌躇。栋宇存而弗毁兮，形神逝其焉如。昔李斯之受罪兮，叹黄犬而长吟。悼嵇生之永辞兮，顾日影而弹琴。托运遇于领会兮，寄余命于寸阴。听鸣笛之慷慨兮，妙声绝而复寻。停驾言其将迈兮，遂援翰而写心！

向秀《思旧赋》

　　此赋每每被人吟出，总令人忍不住想起"楚辞"，想起《离骚》。在唯美的言语和华丽的比喻下面，隐藏的是笔者最深沉的悲声。

　　赋的前四句便交代他路过嵇、吕旧居前的缘由。那日傍晚时分，他离开了阴沉沉的府衙，行走间，看着茫茫的山野和徐徐的河流从眼前滑过，城郭化作残阳碎影，空巷里卷起阵阵冷风。路过逝去朋友的旧居前，他信步走上前去，站在故居门外徘徊。嵇康已然去世，他的妻儿亲人也早已远赴他乡，故居却仍完好地立在那里，斯人的倩影早已形神俱灭。心，真的很痛。此时，他不经意间想起了秦朝李斯被腰斩的情景。

　　"昔李斯之受罪兮，叹黄犬而长吟"，是向秀在《思旧赋》里援引的历史典故。李斯临死之前，牵着儿子的手说："父亲答应牵着猎狗与你到郊外逐野兔，如今已经不能了。"李斯无法与其子享受天伦之乐的难过，与向秀和朋友阴阳永隔的痛一样，都是那么碎心蚀骨。

　　向秀不能理解，为什么如嵇康、吕安这般蕙质兰心、超凡脱俗，无论诗文、弹琴皆远远凌驾于凡人之上的才子会命途多舛，落得身首异处的下场。难道这就是所谓的命运吗？恰在此时，邻家的笛声幽然响起，那般清晰明朗，仿佛嵇康绝世的清音，难道是嵇、吕在借笛声召唤他，向他述说不甘？事实上，不甘的是自己的心吧。篇末的四句，向秀因慷慨的笛声而倍感凄清，越发地为友人和自身的不幸感到痛心。

　　鲁迅曾经说过："青年时期读向子期《思旧赋》，很怪他为什么只有寥寥的几行，刚开头却又煞了尾，然而，现在我懂了。"鲁迅懂得了向秀欲语难言的原因，实在是向秀在左思右想后，内心忧伤到极致而不知如何落笔。原来，"吟罢低眉无写处"的心境与之那么相似。

　　司马氏政权的阴霾密布，让向秀不知如何形容自己的不满，亦不敢吐露内心真言。他不想入仕，偏偏被迫接受官职；他想逃进山林，却又不知做什么。彼时太多的名士才子都是他这样的矛盾体。于是，他的《思旧赋》仅仅写出了思念的情景，没有过多内心的阐释。不过在赋的最后，世人仍能看出他除却对友人的怀念，亦隐晦倾诉了对黑暗现实的不满与愤慨，对自己的怜惜与同情。竹林七贤间的交往，是君子与君子间的相契，在清清淡淡的情感里渗着哀伤的滋味。无论是嵇康与山涛，还是向秀与嵇康，又或七贤其他人之间的交往，即便相知却并不一定相容，相容了又不尽相同，各自都有不能诉说的苦衷和理由。但不管怎样，他们身处在城郭里的旧事都已成往日的追忆，他们间的友谊仍在彼此的心间长存不朽，这便已经足够了。

　　或许这才是真正的友情，看似劳燕分飞不相往来，却将最浓烈的情感存心中，懂得克制自己不强加意图于彼此，留有最适合最恰当不伤害彼此的空间。正如龚自珍所说"万人丛中一握手，使我衣袖三年香"，这份深情任由光阴酿成佳酿，不羁的醒与醉之间，不忘记最熟悉彼此的对方。

嗜酒服药，修性保神

　　宇宙辽阔无垠，时间的洪流中一个人的生命宛若蜉蝣一般，短暂如同一瞬。哪怕是享寿八百岁的彭祖对天地而言，也不过用了一朵花绽放的时间。几千年来，上自皇帝，下自黎民百姓，都渴慕与天地同寿。寿元自有定数，大凡求长命百岁的人都非常注重养生。《素问》里提到，早在上古就有一位修真的人练习气功，状似欲吸收天地精华而求得长生不老，成功与否，后人自然无法考证。然而，几千年的历史中，追求长寿之人却不胜枚举。

　　服食"五石散"的风气自被何晏倡导并开始流行后，由魏晋至唐，名士们趋之若鹜，历经整整五六百年而未有间断。

　　魏晋风靡一时的"五石散"曾一度被人们当作养生壮气的药来用。它是一种中药散剂，主要成分是石钟乳、紫石英、白石英、石硫黄、赤石脂，外加部分辅料。据说是张仲景最早发明了该药方，其目的本是用来给伤寒病患者散寒。药理中的五种石头的确是有益气、驱寒、壮阳的功效，不过从阴阳相生的道理来看，"五石散"性属燥热，故而无病却服食此药之人，浑身好似有火燃烧一般，皮肤极度敏感，稍有摩擦便会发生过敏。况且服用之后，亦并非旁人想象中那般逍遥，必须疾步走出热汗方好，且要搭配饮用质量上乘的酒。

　　服食"五石散"之人，因气血翻腾，常会产生飘飘忽忽不知身在何处的快感。故而，自何晏倡导并开始流行后，由魏晋至唐，名士们趋之若鹜，几百年间从未间断。然而因散剂昂贵，黎民自是无福享用，唯有富贵名家方才有资本在烟云水气中，服下此种药剂，以求仙姿。然而，多半人并没有意识到，当"五石散"非用于治病一途时，就会彻底变为毒品。竹林七贤中跟"五石散"有过密切接触的最可能是王戎。西晋末八王之乱时，齐王司马冏拥兵洛阳，自立为王。河间王借机组织军队讨伐齐王，司马冏召集群臣商议对策。王戎是司马冏的尚书令，理当发言。于是他提议齐王抛弃皇位，回乡安度晚年，当是万全之道。此言一出，众谋士自是愤怒至极，然而还未来得及谴责他，他便急奔厕所。不久，侍卫来报告王戎"药发"，掉进厕所里了。此时众人方才明白，原来王戎是吃了药而胡言乱语，自然不足为信。

侍卫口中的"药发"，想必是王戎服用"五石散"后发癫的症状。据说此药服用过度便会语无伦次，浑身抽搐。在那个血腥味弥漫的时代里，名士本想麻醉与放纵自我，在欲仙欲死中，保持内心的那份本真，却不期然，频频食用的"五石散"，非但未能养生，反而成了致命的毒药。晋人多相信如若能炼制出仙丹，便可以长命百岁，然而炼制的丹药成分多含有汞、铅、铜、砷等有毒物质，一旦服用，即便不身亡也会致残。

仙道之说，灵丹妙药能够延年益寿，但聪明如阮籍者，虽爱仙道之说，却从不服药，想必是知道其中的凶险。丹药之道并非养生的正途，若食得不法，反而有害，竹林七贤中嵇康亦是嗜好炼丹炼药之人，他好服药，不过多数都比较符合人体需要，因为他懂得医理，并且有自己的一套养生理论。

精神之于形骸，犹国之有君也。神躁于中，而形丧于外，犹君昏于上，国乱于下也。……而世常谓一怒不足以侵性，一哀不足以伤身，轻而肆之，是犹不识一溉之益，而望嘉谷于旱苗者也。是以君子知形恃神以立，神须形以存。悟生理之易失，知一过之害生。故修性以保神，安心以全身。爱憎不栖于情，忧喜不留于意。泊然无感，而体气和平。……

清虚静泰，少私寡欲；知名位之伤德，故忽而不营，非欲而强禁也；识厚味之害性，故弃而弗顾，非贪而后抑也；外物以累心，不存神气，以醇白独著；旷然无忧患，寂然无思虑，又守之以一，养之以和，和理日济，同乎大顺。然后蒸以灵芝，润以醴泉，晞以朝阳，绥以五弦，无为自得，体妙心玄，忘欢而后乐足，遗生而后身存，若此以往，庶可与羡门比寿、王乔争年，何为其无有哉！

嵇康《养生论》（节选）

养生究其根本就是颐养精神，一个人的精气神是其长寿与否的关键，飘然若仙忘乎所以的感受虽然玄妙，但是于身体有害。于嵇康而言，他的养生诀是从人的气开始说起。他苦心钻研，认为人的身体里存在一种"元气"，即是"精神"，它是人的生命之本，如同君王对于国家一样重要，国不可一日无君，人不可一日无"精神"，失去了"精神"，人就会形神俱灭。

医学界亦认为人是存在"元气"的，它存在于肾部，其强弱决定人身体的好坏。嵇康所言"元气"大概也是这种功效。世人以为偶尔"一怒不足以侵性，一哀不足以伤身"，小的情绪波动并不会伤害身体，嵇康却否认这种说法，认为甚小的喜怒都会伤及元气，令身体变差，所以人必须平心静气，清心寡欲，不喜不惧，安心以养全身。在《养生论》中，嵇康不仅推出养心法，亦推出养生法。他主张吃药不能乱吃丹石，而要嚼灵芝饮甘泉，平日多晒太阳、弹弹琴，偶尔骑马射箭，这些都是最佳的养生术。适宜的锻炼，恰当的饮食，平心静气的心态，若能达到三者合而为一，则完全可以"与羡门比寿、王乔争年"。

相传，羡门、王乔都是古代善于修持养生、吐纳导引、通晓健康之道的高人。嵇康的养生法能否让人们像羡门、王乔一样长寿不得而知，但依他所言，确实符合养生理论。他曾说过，阮籍品性与身体都很好，却饮酒过度。纵然七贤里人人嗜好饮酒，而嵇康却理性地看到，喝酒应当以适量为佳，如若过度必会伤身。然而，嵇康在发表《养生论》后，其好友向秀立刻提出了质疑："若夫节哀乐、和喜怒、适饮食、调寒暑，亦人之所修也，至于绝五谷、去滋味、寡情欲、抑富贵，则未之敢许也。何以言之？"向秀认为减少过分的喜怒哀乐，适量饮食，顺应四时的气候去调养身体自是有益无害，但是他对嵇康在《养生论》的末尾提出断绝五谷杂粮、驱除七情六欲的做法不敢恭维。向秀笑称，如若一个人连饮食和任何情绪欲望都没有了，生命便也毫无意义了。

一个人的七情六欲就是他生命的精华所在，因喜事而乐，毅然快慰；因愤怒而生气，消解郁结肝内的火气；因悲伤而落泪，寄托哀思，有所求而奋发。七情六欲支撑着人的喜怒哀乐，悲欢离合。生命并非淡而无味的白水，细细品味能够尝到其中的酸涩甘甜。嵇康的养生理论虽然言之有理，但是也过分强求结果。如此看来，向秀的想法更符合顺应天命的仙道之说，其质疑也让嵇康的养生法更适应普罗大众。长寿的秘诀谁都想尽快窥得，但调理精、气、血定要符合常理。先人汲汲服用仙丹，以求长生不老，亦是徒劳无功。秦始皇一生渴慕长寿，甚至派徐福东渡大海寻访长寿仙方，命方士制作长生不老药，最终却死于他偏信偏听执意吞服的丹药之上。韩愈同僚亦曾因服食一种含汞量极高的仙丹，最终导致哭号而死。世间并不存在所谓的仙丹，唯有一些正常的补药和药膳能助人调理身体。但常言道：是药三分毒。无病不吃，方才是上乘之策。如若像竹林七贤那般，过度嗜酒，则更谈不上养生之法。阮籍精通药理，善于辨识药材，调理药方，可是依然终日醉酒，并非他不知晓饮酒过量的害处，而是那个时代太过荒蛮，他们的心情太过苦楚，唯有沉醉在酒中，方才获得支撑着活下去的力量。

明明熟谙医理，却还要深陷酒池药林的竹林七贤，长寿对他们来说简直是奇迹。七贤中除嵇康外得以寿终正寝的人，阮籍死时不过五十二岁，王戎六十九岁，山涛七十八岁，山涛的长寿在于他的心态和适量饮酒，阮籍因嗜酒过度而壮年早逝。然而，万事皆有因果，那些未能长寿之人，自然因自己不能做到克制欲望。当然，其中让人啼笑皆非的当属"不小心"开出伤寒药方的张仲景。他之所以写《伤寒杂病论》，本是"怪当今居世之士，曾不留神医药，精究方术。上以疗君亲之疾，下以救贫贱之厄，中以保身长全，以养其生"。却不期然，一副"五石散"就把几个时代闹得天翻地覆，实在让人震惊。

几千年来，人们都深信养生胜于治病，这是毋庸置疑的，不过养生要符合生物与自然的规律。酒池药林是不是完全没好处呢？一切皆有适度，如若过度，自然无益；如若适量，想必定有意想不到的效果。

卷三　文豪武将历沉浮

功名利禄，来去皆无。当官有当官的道，文人有文人的法。

玄言清谈，虚无梦境

世界万物皆为虚无，何必去争去拼搏，顺乎天命，无所作为，才是真正的逍遥。那时的文人满心以为通晓了"无"的道理，便可以与老子、庄子比肩同游。

然而，自以为醒着的人其实正在睡梦中。真正清醒之人却能看到虚无思想甚至能够倾覆国家的可怕之处："言远而情近，好辩而无诚，所谓利口覆邦国之人也"。追求玄道的文人，为了一逞口舌之利，把虚无当作生活，没有诚意、没有勇气地去认真活一场，他们不过是懦夫罢了。悬崖之上的一株姿态清雅高贵的兰花，倘若不将根系牢牢扎稳，就不会开出艳丽的花朵，散发醉人的芬芳。自由逍遥并不代表不被约束，倘若每个人都只顾得逍遥，国家也就失去了立足之本，最后只会国将不国，民不聊生。

鸿鹄比翼游，群飞戏太清。常恐天网罗，忧祸一旦并。岂若集五湖，顺流唼浮萍。逍遥放志意，何为怵惕惊？

转蓬去其根，流飘从风移。芒芒四海途，悠悠焉可弥？愿为浮萍草，托身寄清池。且以乐今日，其后非所知。

何晏《言志》

何晏，字叔平，是魏末非常有名的玄学家。何晏之母在其幼年时改嫁曹操，他理所当然地成为曹操之子。因为天生俊美优雅，比女子甚至要美上三分，何叔平总是喜欢穿着华丽的衣服于宫中行走，左顾右盼，雅姿迷人，几乎将太子的风头抢尽，自然就成为曹丕的眼中钉。曹爽秉政之后，叔平虽然成了曹爽的党羽，但在曹魏与司马氏斗争期间他深感忧虑，即便自己手中握有魏国政界大权，依然每日忧愁异常，想些虚无的事情来聊以慰藉。这两首诗恰是何晏身处困境时所作。彼时，他满心皆是玄之又玄的道家虚无思想，以老庄的著作作为每日不可或缺的思想素餐。诗作前四句便道明了何晏内心的担忧。天上的鸿鹄遨游天际，比百鸟有更高的志向。或许飞得太高反而更令人觊觎，更容易遭到网罗，倒不如地面、水中集结的凡鸟，随波逐流，吸食萍草为生，活得更加逍遥自在。他以鸿鹄自喻，指出了自己身在高位更容易成为众矢之的的境况，他羡慕那些身份卑微的人，起码不会有"死于非命"的担忧。而在诗的后四句，更表明了他想要变得"渺小"的愿望。

河中的蓬草脱离自己的慧根，四海茫茫，随遇而安，身不由己；人生也如这浮萍一般，不能掌控。他宁可做池塘里的小小浮萍，也不愿为蓬草，至少可以获得片刻的安宁，然而这安宁也不过是一瞬而已。未来会怎样，谁也说不清楚，能做的便是得过且过。

对未来无法预料的何晏，无论在诗词文赋里怎样推崇老庄的逍遥与自在，却知道自己永不可能超越那道界限，因而他害怕不已，痛苦莫名，便把世间的一切都想象成是虚无的，并极力地去推崇"万物以无为本"的观点，且凭借自己在文坛的地位，极力推崇此观念。然而诗中也完全暴露了他的思想弱点，他甚至把自己所拥有的一切、经历的事情都看作是一场终会醒来的梦境，一场上苍戏弄他的骗局。

而这一切皆缘于他不能解脱，他自以为深谙老庄之道，不过是懂得皮毛。身处庙堂之上的他，自觉高处不胜寒，无奈下只得寄托于虚无，期望蜷缩到梦境中。说到底，他的虚无不过是想象中自欺欺人的谎言。与何晏同为魏晋玄学创始人的王弼，比何晏"中毒"更深。十岁即好黄老之说的他，自负才学一等，年纪轻轻便有自己的一套理论，好辩无敌。他推崇"以无为本"的说法，是结合老子的"道"产生出的理论。

王弼的"无"并不是没有任何内容的"空无"，相反是本质的"全有"。"无"是生命之本、天地万物之母。虽然天下万物皆由有形物所生，但有形物又有其原始，其最初是诞生于"无"。而老子的"道"，恰恰与"无"是"始"和"生"的关系。即天地存在于

"无"，由"道"而产生万物。这套玄之又玄的理论，说不清楚，亦道不明白，只可意会不可言传，然而仍能从他的理论中找到王弼论证的目的所在。

王弼把"无"与"一"并称，一生万物，万物归一，这与玄学说是符合的。可他却引出了由"一"统治万物的含义，背后推崇的反倒是"以寡治众""以君御民"的封建说法。在为《老子》做注解时，他在文旁写下了小小的字体："宗，万物之主也；君，万事之主也。"老子本不是宣扬"君君臣臣"，但在王弼的笔下成了凡夫俗子。无论是何晏还是王弼，从他们的一颦一笑、一举一动、一言一行，都可以看出他们都不是真正的玄学修炼者，一个不能解脱，一个不肯放下。因此，后人在有关玄学研究时总是把何晏、王弼等人摆在嵇康和阮籍的身后，与嵇康、阮籍所追求的"无为"和"众生平等"相比，他们还停留在浅尝辄止的层面相差甚远。

然而，司马氏没有看到这一层面，不了解何、王等人不过是逞逞口舌之快，宣扬所谓的"贵无""贱有"也并不是为了颠覆国家。于是当司马懿得知连自己儿子司马师都对玄学沉迷起来，该学说甚至影响到各地选官，司马懿自然怒不可遏。于是，他以扰乱社会公共秩序的罪名，将何、王等人及其大批追随者免官废锢。而何晏，也在曹氏倒台的一刻，沦为司马氏的刀下亡魂。他的《言志》诗最后一句"且以乐今日，其后非所知"，一语成谶。

> 宁与燕雀翔，不随黄鹄飞。黄鹄游四海，中路将安归？

> 阮籍《咏怀诗》八十二首（其八）

或许这便是阮籍与何晏的差别，两人皆有高处不胜寒之感，皆为鸿鹄之位担惊受怕，但阮籍深谙急流勇退之道，挥一挥衣袖便潇洒地离开富丽堂皇的朝堂。而何晏却宁愿站在原地终日惶惶然，也不愿舍弃荣华富贵。至于王弼，明知不可为却硬为，既要寻道又要迎合帝王的口味，最终却竹篮打水，一无所获，让人深感遗憾。然而，更使人喟叹的是，有更多的人仍懵懵懂懂，随着何、王浮沉，何时溺毙犹不自知。

书生将军，韬光守弱

并不是所有的将军都于战场厮杀，如阎罗一般令人闻风丧胆。并非所有书生都手无缚鸡之力，无法抗战御敌。孙子兵法中曾说："凡用兵之法，全国为上，破国次之；全军为上，破军次之；全旅为上，破旅次之；全卒为上，破卒次之；全伍为上，破伍次之。是故百战百胜，非善之善者也；不战而屈人之兵，善之善者也。"

历史上就有这样一个传奇将军，他纵横杀场数十年，所向披靡，为西晋江山的统一起到了决定性的作用。可是他既不会骑马，亦不会射箭，更不善于杀敌，这在中国的战争史上简直是一个奇迹，他就是杜预。

《晋书》里的杜预自成一传，是历代史学猎奇者最想探讨和琢磨的一个玄奇人物。他通晓政治、军事、经济、历法、律令、工程等学科，人称"杜武库"，即是言战场之事他无一不知，唯一不会的便是武功。他绝非纸上谈兵的赵括，即便没有高强的武艺，却仍能将兵法运用得娴熟。人总是要有些许缺憾才显得奇特，即便是一介"书生将军"，他仍然是非常成功的军事家。不仅如此，他自有一套人生哲学——"守弱学"，本着这套"至理名言"，无论在疆场还是在官场，他都走得潇洒、从容且淡定。

天非尽善，人无尽美。不理之璞，其真乃存。求人休言吾能。

悦上故彰己丑。治下不夺其功。君子示其短，不示其长。小人用其智，不用其拙。

不测之人，高士也。内不避害，害止于内焉。外不就祸，祸拒于外哉。

杜预《守弱学卷六·示缺篇》

弃笔从戎的杜预，因书生的身份，文质彬彬，不似彪悍的武将，倒有几分诸葛亮智计百出、运筹帷幄的气质。这个不以武力迫敌的儒将，无论面对敌人还是同僚都敢于承认自身的缺憾。每次面对的敌人，无论是规模还是体力，都在他之上，他不得不承认自己身处弱势，但弱并不等于是坏事。"示缺"是杜预从不吝惜的做法，他毫不畏惧把自己的弱点暴露出来，人无完人，物无尽美，承认缺憾并不需要尴尬。在他撰写的《守弱学》中，他将人比作了一块未经雕刻的璞玉。玉的表面虽然看似一般，不等于它没有好的玉质，只要经过仔细雕刻，便能发现它的光滑，世人又何尝不是如此。

聪敏之人在上级面前要懂得谦逊，自曝短处；而一个好的统治者，要毫不吝惜地表扬臣下的优点。显示自己的缺点而不是显现自己的长处，此是君子所为，只有凡夫俗子才频频夸耀自己的长处，而绝口不提其缺陷。然而，杜预也提出了一个观点："不测之人，高士也。"世人无法真正看到高明之人的优缺点，因为他们的内心和躯体从不惧怕祸害，祸害自然也就无法伤害他们。击败一个人首先要击败他的内心，当他的内心无懈可击时，人便也无敌。或许自曝其短是保护自己最好的利器，杜预一直立志做他心中的不测之人，其志忑的人生经历，恰是示弱好处强有力的佐证。

杜预一生的仕途犹如在海中游弋的帆船，经历过大起大落。因曾得罪过司隶校尉石鉴，他从高高在上的能臣变得一无所有，最终又因腹中满是诗书才学，重新得到帝王重用。在他人前，杜预既不怕暴露弱点，亦不标榜自己的优势，无喜无惧地活着，如此可见他追求的乃是《示缺篇》末句所推崇的"高士"。

天威贵德，非罚也。人望贵量，非显也。恕人恕己，愈瘼愈为。君子可恕，其心善焉。小人可恕，其情殆焉。不恕者惟事也。富而怜贫，莫损其富。贫而助人，堪脱其贫。人不恕吾，非人过也。吾不恕人，乃吾罪矣。

杜预《守弱学卷八·恕人篇》

"恕人篇"的内容与"示缺篇"截然不同，是希望世人放开心胸地谏言。上天发威是因为天下德行变化，重点不在于惩罚世人；人受欢迎是因为其有气量，而不是他的显达和富贵。人要懂得宽恕别人也宽恕自己。遇到君子犯错可以原谅，是因为君子良善；遇到小人犯错也可以原谅，因为小人终究会落得血本无归的下场。世界上唯一不可以原谅的是事情本身，而非人，此便是对事不对人。如若别人不能原谅自己，不是对方的错；但如若是自己不原谅别人，这便是自身的罪过。如若说示弱是对外不树敌，那么恕人则是对内懂得内心建设。

杜预的"恕人"之道并不是说说就罢了，面对司隶校尉石鉴的陷害，他完全可以凭借家境以恶制恶，将其推翻，但智慧如他，怎会如此做，反而以德报怨宽恕对方。他出身于曹魏时期，受晋文帝司马昭的青睐，对伐蜀和治国都起到了关键作用。即便因谗言而丢了乌纱帽，也能很快地恢复职位。复职后，他与石鉴同驻守陇右边区时，石鉴仍想着如何置杜预于死地，并迫他出关与外敌硬拼。这般小伎俩早已被杜预看穿，他并不反驳，只是抗命不出。此后，石鉴对他再三陷害，而他深谙"大辱加于智者；大难止于忍者"之道，始终无动于衷。

并不是所有人都能忍受同僚的排挤与迫害，多半人要么给予重重反击，要么干脆辞官归隐，在山林处乐得逍遥自在。而杜预始终坚守信念，自有一套排忧的方法。彼时他正值壮年，且天生睿智聪颖，又有魏晋这个朝代供他折腾，即便当下颇多苦难，但如若挺过去，便又是另一重更明朗的艳阳天。灭吴之战开始，杜预终于等到了尽情挥洒智谋和汗水之时。当时正值孙吴政局动荡期，显然是全面进攻的最佳机遇，纵然名将羊祜、能臣张华都是主战派，但大多数朝臣的态度都模糊异常，令晋帝司马炎陷入犹豫。羊祜病重弥留之际，将晋军主帅的位置交给杜预，而杜预也不负所望，数次进言，迫使司马炎不得不答应进攻东吴。

只是司马炎并没有任命杜预为主帅，而是任命他为西线指挥，取江陵、占荆州，负责调遣益州刺史王濬的水师。杜预并未因此而气馁。既然朝廷不能完全信任他，与其因愤怒而削弱自己的志气，不如保存实力去应战敌人。此后，他接连采取避实就虚、声东击西、暗度陈仓的方法，连战告捷，顺利夺得荆州之地，旋即东进。在东进配合各路人马的同时，杜预分兵南下，攻占了交州、广州等地。在整个灭吴战役上，杜预斩杀、俘虏孙吴都督、监军一类的高级官吏十四人，牙门、郡守一类的中级官吏多达一百二十人。

一个书生将军，状似手无缚鸡之力，却令成千上万的人饮恨于他的手下，对杜预的能力无须再有任何质疑。相传晋吴交战期间，吴军唯独痛恨杜预。人人皆知杜预有大脖子疾病，即是现在的甲亢，于是吴军把葫芦瓢割出一个洞给狗套上，看到树结疙瘩，便在其上标出"杜预颈"的字样，挥剑把树砍倒。杜预知道自己常常遭受侮辱，但仍生龙活虎地享受他的人生，毫不在意，他的《守弱学》实在是被他发挥得淋漓尽致。"智以智取，智不及则乖。愚以愚胜，愚有余则逮。"（《守弱学卷二·保愚篇》）聪明人自有聪明的做法，如若不够敏锐就保持低调，毕竟愚人也有蠢办法，并非什么事情都办不到。世上的弱者远多于强者，可弱者依然能活得很精彩。杜预自问什么都不会，事实上却什么都会，这才是他的高深莫测之处。

一部提醒自己、也提醒世人的《守弱学》，没有苍凉的人生感慨，没有对岁月年华的追忆，也没有对时空浩瀚的深思，唯有杜氏最深沉的、发自内心的生活理论叙述。它虽无华丽优美的风姿，却有最坚实、最耐用的内在，这或许才是当世人和后世人最需要的至理真言。

功名难成，才高招祸

时势造英雄，英雄造时势。有些人的成功可以归结为时代的成全，另一些人则用成功证明了时代。魏晋年间，战乱频仍，政权相互压制，一些人在这乱世中揭竿而起，另一些人则命丧异乡。命运总是成就一些人，牺牲另一些人。在杜预人生最辉煌的一刻，吴人大多过得都很痛苦，特别是身担恢复吴业的将门之后。陆机怀着恢复祖业的沉重压力离乡北上，到洛阳寻找一线生机。

远游越山川，山川修且广。振策陟崇丘，安辔遵平莽。夕息抱影寐，朝徂衔思往。顿辔倚嵩岩，侧听悲风响。清露坠素辉，明月一何朗。抚枕不能寐，振衣独长想。

陆机《赴洛道中》二首（其二）

本诗是陆机北赴洛阳的途中所写的感言，前四句是他在山川河流间行走时的所见所闻。告别了家乡亲人，陆机时而手握缰绳缓行，时而登马驱策而走，翻过山川与绿野，看着一条条河流从眼前川行而过，感受着时光的飞逝，怀抱风尘洗礼的苦痛。夜晚伴着自己孤零零的影子入眠，清晨露水未去便要起身上路，一回首便思念吴地，再转身则前路茫茫。来到高山险路，他本想寻个避风的地方坐坐，耳边却听着在山间罅隙里呼啸的风声，如同哭泣一般。

风在哭，他的心也跟着哭泣。

"抚枕不能寐，振衣独长想"，这是一个孤枕难眠的夜晚。是夜，皎洁似雪的月华流淌在地上，一滴晶莹的露水悄然滴落，在石头上激起清脆明晰的响动。面对这样静谧无声的夜晚，这般皓洁有光的月华，陆机更加难以入眠，轻抚头下的包袱枕头，左思右想，遂起身穿衣，盘坐冥想，心更加烦乱。在启程前，谁都无法预料前程是柳暗花明，还是一堵围墙。纵然陆机深谙其中道理，但当他离开家乡，奔赴洛阳时，依然无法洒脱地释怀。未知的远方，有着他建功立业的梦想，于是在那个父母在不远游的年代，当他挥别亲人时，肩上满是沉甸甸的责任，心中满是蚀骨的痛楚，他甚至不敢回头看，生怕那一瞬间便会阻滞他继续前行。在时代的荒原中，他踽踽独行，这般失意之人，即便在阳光灿烂的日子，驾车远行心中仍然怀着悲戚，更何况是冷清的深夜。那朝露、云霞、月光、孤影似乎都在提醒着他肩上的重担。

陆机的祖父陆逊、父亲陆抗皆是东吴名将，作为将门虎子陆机，重振陆家雄风的重担自然压在了他身上。在他二十岁时，东吴刚亡，陆机和弟弟陆云隐居起来，于诗书中体会墨香的奇妙，在山水中寻找人生的意义。那段快慰欢乐与弟相伴的日子，大概是他一生中最值得珍藏的记忆。他天生烂漫，又富奇才，若能安然地生活在江东，人生定然别有一番际遇。可是十年后迫于复兴家业的压力，他不得不远赴洛阳求取功名。

一路上翻山越岭，饱经艰险困苦终于抵达洛阳。彼时命运于他倒也慷慨，时任太常的张华对其十分欣赏，便将他和他的弟弟陆云都接入府中。张华是晋帝司马炎身侧的重臣，他以"伐吴之役，利获二俊"来大赞二人，并向司马炎极力推荐，一时间令二陆达到了"天下谁人不识君"的地步。据闻当时还有"二陆入洛，三张减价"之说。"三张"即是张载、张协和张亢三人，是当时有名的文士，享誉中土，名重一时，然而陆机和陆云此时是张华身边的红人，他们一跃抢了"三张"的风头，自然也在情理之中。尽管受到了如此礼遇，陆机的仕途却并不顺利。晋人多不喜吴人，这两个国家的矛盾与仇恨，总需要漫长的时间来消除，统治者司马炎更是以吴人"屡作妖寇"的观点不愿起用陆机。直到晋惠帝时期，这种状况仍未改变，锦瑟的年华，唯有随着滔滔东去的流水，一去不复返。他向来为自己的出身和才学感到骄傲，不曾想过梦想犹如断线的风筝，摇摇欲坠，这不免让他感到心灰意懒。但他知晓这一生注定不会如此平庸，不得已之时他唯有重新寻找出路。于是，当贾谧招揽文人附庸风雅，组成"二十四友"时，茫然的陆机好似重新找到了牵引线，便毫不犹豫地倾向于他。

　　伊洛有歧路，歧路交朱轮。轻盖承华景，腾步蹑飞尘。鸣玉岂朴儒，凭轼皆俊民。烈心厉劲秋，丽服鲜芳春。余本倦游客，豪彦多旧亲。倾盖承芳讯，欲鸣当及晨。守一不足矜，歧路良可遵。规行无旷迹，矩步岂逮人。投足绪已尔，四时不必循。将遂殊涂轨，要子同归津。

陆机《长安有狭邪行》

　　此诗开篇即道明，在洛阳的郊外有多条歧路，歧路上布满了车辆留下的轮印。富贵风雅的人们身着华服，乘坐着豪华的车子，于山野间尽情地游玩，生活是那样奢侈和惬意；而周围往来的是身着朴素衣服的普通百姓，终日奔波劳碌。

　　洛阳歧路便如同人生旅途一样，人们来去匆匆，有人光鲜亮丽，有人碌碌无为。而陆机，亦是旅途上的一名倦客，即便曾经具有显达的身世，但往事随风，一切都未曾留下痕迹。尽管心有不甘，但面对无常的命运，他只得缄默无声地承受这一切。在波折弯曲的途中，他慢慢悟道："将遂殊涂轨，要子同归津。"人生并非只有一条路可走，歧路有太多，踏上另外一条也许境遇就不再一样，最终也同样可以实现自己的梦想。

选择奔赴洛阳，汲汲而求不可得到的功名，或许一开始这便是一个错误。陆机笃信着"易学"里宣扬的"殊途同归"的道理，心想与其从司马氏那里渴求一官半职，不如拜入权倾朝野的贾谧门下，通过贾谧的势力帮助自己重振陆家祖业。他深知依附奸佞之臣无疑是玷污名声，聪慧灵秀如他，早已黯然神伤，但为了振兴家族，他唯有躲在角落偷偷舔舐自己的伤口。在石崇打造的金谷园里，陆机浪费着自己的大好时光，皆附注在风花雪月、吟诗作对的生活中，每日醉生梦死，不知今夕何夕。与陆机同样境遇的还有潘岳、左思、刘琨、欧阳建、陆云、杜育、挚虞等众多文人，包括石崇本人在内，他们把自己真挚的、蓬勃的心统统埋葬。到"二十四友"罹难以前，陆机仍然满怀信心，即便遇到了再多的阻碍，仍然坚定地认为自己可以重现陆氏昔日的风光。

他的愿望在贾谧被诛后一度破灭，但在八王之乱时重新燃起。那抹羸弱的希望之火，支撑了他的晚年。晋惠帝太安二年（303），都王司马颖欲往洛阳讨伐长沙王司马乂，司马颖遂任命陆机为后将军，大概是看中了他乃将门之后，又在东吴参加过抗晋之战，在战场上指挥达六年之久，已经快五十岁的陆机感到了"复兴的曙光"，毫不犹豫地答应了司马颖，却在伐洛的鹿苑惨败而归，归来后便被司马颖暗杀了。集悲情于一身的陆机，总为后人所非议：他苟求功名是一错；贪图富贵又是一错；攀龙附凤再是一错；老而不服，错、错、错。可他又何尝不想抛开一切呢，但身为男人的尊严令他永远将家庭责任黏在了掌心。那个时代的文人啊，大多数何尝不是犯着连他们自己都厌恶的错误呢，可是他们还得继续错下去，只因歧路已上，不可折回。

"天道信崇替，人生安得长。慷慨惟平生，俯仰独悲伤。"在午夜梦回之际，陆机依稀记得在赴洛的道路上那份孤寂和彷徨，生命在奔波中耗尽，俯仰之间余下的是冷清的哀伤。成为这种哀伤祭品的，是继陆机之后堕落的一颗又一颗文坛痴魂，仍为功名事徘徊在金銮之上，早不知自身已成野鬼。

怜惜苦女，同愁同悲

女人好似一本读不完的书，每一次翻阅都会发现新的景致。女人恰如一杯香茗，不同的心情品味出不同的味道。女人心犹似天边一朵流云，不知飘向何方，亦不知何时消散。总有人以为女人心犹如一根绣花针，它落在深不见底的海里，无法打捞，无法拾取。不过不知是女儿心思百转千回，无法捉摸，还是试图解读的人庸人自扰。千百年来，总有人试图打开女子那扇紧紧关闭的心扉，探看其内迷人的风景，魏晋时的傅玄自然算得其中一位。

正史上所记载的傅玄，清高、孤赏、不落尘俗，同情黎民百姓，为官勤政清廉，从政治国有道，深受西晋武帝的信任。不但被称为大政治家、思想家，还是千百年来学子们的老师。"近朱者赤，近墨者黑""病从口入，祸从口出""同声自相应，同心自相知""立德之本，莫尚乎正心，心正而后身正"，诸如此类语句，如同天上的繁星一般，点缀了整个历史的夜空。傅氏语录，谆谆教导，随便拿来一条都值得探讨。他的百卷长书《傅子》堪与《墨子》《孙子》《孟子》齐名。就是这样一个刚毅利落、思想深刻的男子，哪想到却是最懂女人心的翩翩佳公子，正所谓：人不可貌相，海水不可斗量。

> 车遥遥兮马洋洋，追思君兮不可忘。
> 君安游兮西入秦，愿为影兮随君身。
> 君在阴兮影不见，君依光兮妾所愿。
>
> 傅玄《车遥遥篇》

傅玄犹如一朵解语花，将女人的多情和思绪看得透彻。多半诗人的名作皆是感怀诗或言志诗，而他最为有名的诗作必是写女人。想来在这男子孤高外表下，有一个比任何人都柔软温存的心。

在《车遥遥篇》中，傅玄用他那支极富灵性与深情的笔，描摹了一个浸泡在思念之海中的女子，并为之勾勒了一道清丽的背影。破晓之时，在明媚的春光里，她斜倚栏杆，凭栏远眺，柔情的目光轻巧地越过重重楼阁，随着街市上的车马渐行渐远，思绪也跟如晨雾一般朦胧而迷离。她的夫君已经离去很久，她仍记得刚分别的情景，他的马车一颠一摇，马儿舒适地伸展着双蹄，轻晃着臀股前进。不知怎的，她好像又听见马蹄声，难道是夫君还没离开吗？

陷入追忆的她突然醒转，才知晓眼前的光景，不过是自己幻想出来的，不禁更为惆怅。"君安游兮西入秦，愿为影兮随君身"，此句正是她由于思念之切，恍然进入梦境，却倏然跌入冰冷现实的情景。丈夫为觅封侯，便骑上一匹马，背负一个简单的行囊，远赴西北的秦地，独留她在原地深深思念。她多愿化作丈夫的影子，始终陪伴在他身旁，在他行立坐卧、饮酒抚琴时，她都可以为他伴舞，陪他沐日赏月，与之形影不离，生死不分。深情蚀骨的她，甚至希望夫君莫要站在阴凉处，以免影子会消失。

女人的痴心在诗中昭昭可见，她的思怨缠勒入骨，有一点点无理取闹的可怜与可爱，让人情不自禁便要拥它入怀，柔声安慰。一个小小的思妇，被傅玄写得活灵活现。后人并不知晓此诗是傅玄的亲身经历，还是在脑中空自勾勒的画面，但从这一字一句中仿佛窥见他对女子的怜惜。男尊女卑的时代中，鲜有人不以大男子自居，视女人为旁物，而去与之进行灵魂的交流，深入体悟女子的柔肠百转。作为男性在维护女权这一方面，他是当之无愧的第一人。他的笔端画出一幅幅女儿图，为那些女子言说情愁。

苦相身为女，卑陋难再陈。男儿当门户，堕地自生神。雄心志四海，万里望风尘。女育无欣爱，不为家所珍。长大逃深室，藏头羞见人。垂泪适他乡，忽如雨绝云。低头和颜色，素齿结朱唇。跪拜无复数，婢妾如严宾。情合同云汉，葵藿仰阳春。心乖甚水火，百恶集其身。玉颜随年变，丈夫多好新。昔为形与影，今为胡与秦。胡秦时相见，一绝逾参辰。

傅玄《豫章行苦相篇》

在《豫章行苦相篇》中，傅玄用兼具柔情与哀怜的笔触，描摹了一个饱受爱情摧残的"苦相女"。所谓"苦相女"，即是长得柔柔弱弱，常常受到虐待和忽略的女子。在诗中，每一句皆是她难堪的遭遇。彼时正是男尊女卑的封建社会，男子在家族中顶天立地，处于支配地位，而女子从出生、出嫁，直至终老，只得卑微地依附于男子，毫无尊严可言。傅玄笔下的女子，更是凄惨至极，并无过失却无故遭到丈夫的遗弃。自出生后，她由于相貌不佳，便"女育无欣爱，不为家所珍"，在家中从不被重视。

古代的家庭认为，"嫁出去的女儿，泼出去的水"，女子是累赘，早点嫁出去才好。"苦相女"到了婆家之后，本以为能得到丈夫的怜惜和疼爱，却不承想，丈夫以她容颜丑陋为由，便开始不断纳妾。女子无力阻挡，只得在缄默与痛楚中挨度时日。她以为这已是最坏的结局，却不曾料到，无情的丈夫扔给他一纸休书。"胡秦时相见，一绝逾参辰"，参、辰两星是天上相隔遥远的星辰，而胡、秦两地是地上相隔万里的地域。被丈夫抛弃的苦相女，与丈夫的关系便如参、辰两星与胡、秦两地一样，她永远也没办法再接近丈夫的心。

爱情，多半在绮丽中拉开序幕，以分袂黯然收场。男人的心，从来都如一杯沏好的热茶，不消几时，便人走茶凉。在传统道德的约束下，男子是家里的天，薄情寡性是他的权利，而女子则如一叶小舟，在河中摇摇晃晃，不知道哪里是归宿，哪里是渡口，多半是还未寻得栖身栖心之所时，小舟便被一阵浪卷走。母系社会时，女性的活动对于维系氏族的生存与繁衍起着极为重要的作用，故而妇女在氏族公社中极受重视。而到了父系社会之后，男子便开始占主导地位，女性则要求从属于男子。非但如此，东周的贵族阶级还开始实行一夫多妻的妾媵制，严格分别嫡庶，儒家的礼教更是对女子的行为做了许多规定。

古时的女子必须称自己为"奴家"，毫无尊严可言。汉武帝后，罢黜百家、独尊儒术的文化政策极力褒扬贞节，自称继承儒学正统的晋代自然要推崇男尊女卑，就如推崇孝道一样不遗余力。彼时，女子不仅要受压迫，且要顺从男子的意愿而沦为玩物。贵族之间常常流行换女游戏，甚至公堂之上狎玩妇女，实在让人愤慨。

傅玄对苦女们充满怜惜，一唱三叹，与她们同愁同悲。他多想改变她们的现状，然而仅凭一己之力却做不到。为悲情女子叹息的同时，他对洁女和贞女同样充满敬佩。他曾为《列女传》里的"秋胡戏妻"故事写过诗，大赞秋胡妻子为保贞洁誓死的表现，可在文后突然话锋一转，说秋胡妻太烈了，一瞬间又把他维护女权的形象给颠覆了。

后人对傅玄思想中的这种悖谬深感不解，只不过未能设身处地地从他的角度思考。毕竟他是受了正统儒家教育之人，虽有怜人之心，却也强不过整个时代整个社会根深蒂固的想法，想必他内心亦是矛盾至极。在一个舆论倾向于同一方向的世界里，如果他发出太过异端的言论，很可能就会成为别人指责他的借口，变成政治上被打击的对象。人们需要原谅傅玄的矛盾举动，亦该理解这个不惧历史舆论，而在字里行间为女子申诉的多情男人。要知道表面冷漠刚毅的大丈夫，内心亦藏有缠绵温情，他也有爱，也曾为柔情所苦，也曾在秋风袭来时，摘下头顶的枯叶，把尚未成型的愁思从眉间拂去。只是，他没有得到公正的审视，唯有独自于"青青河边草，悠悠万里道"间，看眼前的种种风物不断逝去，偶尔为它们赋诗一首，纾解着自己的真心，同时也渐渐地将实意悄然掩埋在胸口。

豪侈暴戾，自是情痴

提及历史上出名的贪婪者，必以清朝和珅为最，而出了名的政界富豪，必以西晋的石崇为最。和珅的贪多有心机在里面，贪得潜移默化，让人鲜少抓住把柄，而石崇干脆明抢，而且专门抢劫商人，日渐为自己堆起金山。

通常而言，爱财之人亦爱绝色美人，石崇亦不例外。只是他并非如痴情男子般将心爱女子捧在手心，对其百般宠爱，而是视其为玩物，甚至可以无情地杀死身边的宠姬。他喜欢艳丽夺目的美丽女子，甘愿一掷千金来打扮她们，哄她们开心，以显示自己的多金，而当他心情抑郁之时，他身边的女子则难免落得凄惨的下场。

石崇每次大摆筵席时，总命美人斟酒劝客，如若客人婉言拒绝，便证明女人没有魅力，他便让侍卫把美人杀掉。一次，丞相王导与大将军王敦来石崇家中赴宴。王导不善饮酒，但知道石崇有杀美的恐怖嗜好，于是凡有美人给他斟酒，他生怕美人因自己香消玉殒，便不得不喝，以至于在酒宴中差点睡着。而王敦恰恰相反，他欲要让石崇难堪，想看看杀美的热闹，便故意不饮酒，使得石崇一怒之下杀了三个宠姬。宴席结束之后，王导私下责怪王敦连累美人，王敦对此却不以为然。女子的性命在男人眼中如同草芥。如若石崇杀美实属变态行为，王敦便是其助纣为虐的帮凶，与杀美并无本质区别。然而，就是这般毫不怜香惜玉的男子，也有柔情似水的一面，对甚合心意的女子，石崇竟也会抛出自己的柔情，实为奇闻。

我本汉家子，将适单于庭。辞决未及终，前驱已抗旌。仆御涕流离，辕马为悲鸣。哀郁伤五内，泣泪沾朱缨。行行日已远，乃造匈奴城。延我于穹庐，加我阏氏名。殊类非所安，虽贵非所荣。父子见凌辱，对之惭且惊。杀身良不易，默默以苟生。苟生亦何聊，积思常愤盈。愿假飞鸿翼，弃之以遐征。飞鸿不我顾，伫立以屏营。昔为匣中玉，今为粪上英。朝华不足欢，甘为秋草并。传语后世人，远嫁难为情。

石崇《王明君辞》

石崇并非真的无情，只是那些如云如雾般的女子，并未叩开他的心扉，走进他的心里。他曾建一栋豪华别墅，称为"金谷园"，此地集合了诸多当世的著名文人，世称"二十四友"，他便是这二十四人之首。在一片吟诗作赋的氛围中，即便石崇再不懂风情，日积月累也会成为风雅人士。这篇写昭君出塞的诗便是他一生中最被人肯定的佳作。从文风来看，汉代的胡风和张扬、沉郁与肃杀处处可见，此诗并不以绮艳、缛丽取胜，但字里行间却溢满真情，不难看出石崇对昭君的喜爱和敬佩。诗中讲述的便是昭君出塞后的心情，她迫于无奈离开家乡，为安土和亲，纵使满心愤慨，日夜受着思乡、思国的煎熬，却又不得不于浮生间苟存。恨嫁难言，有苦难述。世人总是钦佩昭君的大度与勇气，赞颂她决定和亲的坚强与从容，却总是未走进她的心里，感知那被藏匿起来的悲伤与绝望。哪个女子不愿在如花的年纪，嫁给爱慕的如意郎君，而她却只得离乡背井嫁到蛮荒之地。

西域的风烈烈而响，好似为她缥缈的前程哭泣。她孤身一人他乡求存，或许至死都无法回到故土，长安那座富丽堂皇的宫殿，家中年迈的双亲，早已遥远得如同前世的一场梦境。思念钻心蚀骨，她除却忍受别无他法。在多半人都为昭君歌功颂德时，唯有石崇想到了昭君的无奈与悲伤。依照常理而言，石崇平日嗜好杀美与斗富，此诗本不该出自他手，但谁能想到他竟会把一个古典美女的心捧在了掌中呵护体贴呢？

杀美与爱美兼具，无情与深情结合，这让石崇好似蒙了一层薄薄的雾霭，性格扑朔迷离，叫人在非议他时，又忍不住对其发出惊叹。当然，从一个无情人转变成一个多情人也并非毫无可能，石崇也是有心的，而且他的一生当中也的确遇到过真心的爱人。一个有心的人即便再冷漠，也有动心的时刻。动了心也就动了情，无情之人就要被多情困扰。石崇在朝廷中任重臣，一次，他奉命到交趾（古越南）做采访使，回程途经白州双角山（今广西博白县绿珠镇），遇到绝色美女梁绿珠，惊为天人，便以十斛珍珠从其家人那里换来了她。绿珠善乐善舞，精通非常著名的舞蹈《明君》，扮演王昭君惟妙惟肖。后人推测石崇的《王明君辞》极有可能是绿珠所作，后被收录到石崇的文集里。不管此辞为谁所作，总之石崇深深地恋上了绿珠，说不清他是因绿珠而喜昭君，还是因昭君而怜绿珠。

爱情本就剪不断，理还乱，无法说清，亦无法道明。在众多姬妾里，石崇对她的喜爱已不再是普通的欣赏与玩弄。他为绿珠做的每一件事，说的每一句话，都是出自真情。即便她不曾开口要求，但他早已默默为他准备好了一切。为了怕绿珠思念家乡，石崇在金谷园里建造了数百丈高的崇绮楼，可"极目南天"，让她登楼观望，以慰思乡之情。崇绮楼极尽奢华，以珍珠、玛瑙、琥珀、犀角、象牙等镶饰阁楼,让美人与美景相得益彰。石崇造楼建园的做法与乾隆皇帝为香妃盖回鹘村的行为极其相似,只不过石崇更奢侈,务求华美。在朝堂之上,石崇与皇后贾南风的外甥贾谧的关系甚为密切。八王之乱伊始,贾谧被诛后,石崇因与他是同党而被免官。赵王司马伦专权,而石崇的外甥欧阳建与司马伦却结下深仇。当时赵王司马伦手下的孙秀暗恋绿珠,见石崇失势,想趁机霸占绿珠,甚至派使者到石崇那里直接索要。石崇把自己这些年收集的美女全部奉上任其挑选,但孙秀只相中绿珠。石崇愤怒不已,他爱绿珠早已入骨,怎肯轻易相让,便将孙秀的使者训斥一番了事。这个男子即便在落魄之时,依然不肯放弃在途中偶遇的绿珠,足见他用情至深。或许冷漠之人一旦动情,便不再无懈可击。虎落平阳的石崇,手握重金,他的财富与他想要维护的女子成了别人诛杀他的借口。

男人可以为了事业而不择手段,为了女人亦可如此。孙秀得不到的绿珠,自然要石崇也不再拥有。于是,孙秀力劝司马伦诛杀石崇,将他的钱财据为己有。石崇深知得罪孙秀必然大祸临头,心痛却又释然地对绿珠说:“我今为汝获罪矣。”绿珠泪水滚滚而下,只道了一句:“君既为妾获罪,妾敢负君?请先效死于君前。”突然推开石崇,从高耸的崇绮楼上一跃而下。他用深情为她引来杀身之祸,她以死回报他的恩宠。

不久,石崇即被司马伦派人带走准备斩杀。死前的石崇已经形容枯槁,却也从容淡定。这一生中,他曾一掷千金,只为过一种恣意潇洒的生活;他也曾深深品味过爱情的滋味,与绿珠相爱相知。至此,人生再无遗憾,也不必再留恋。幸运如他,在爱与富的天平上走得比任何人都平顺,足以震撼世人,亦可在历史上自成佳话了。

高山景行,不同流俗

“道德情操”四字,好似几千年来悬在世人头上的一座监牢。然而,围困众人的信条理据并非坚不可摧,而是人云亦云之物。道德不若法律，即便是言行令止的法律也有不外乎人情的时刻。历史之中，最重礼教之说的莫若孔孟之道，然而在纷乱的魏晋之时，礼教似乎已经荡然无存。且不说富豪石崇的浮夸奢侈，亦不用提西晋名将军王敦如何好色。每个时代都存在贪财与好色之徒，只是比晋人在处理道德情操问题上更乖张的时代恐怕不存在了。

魏晋人士到底有没有道德情操这一观念，后人争论不休。司马氏完全尊奉儒家学说，忠、孝、礼、信、义一个不剩地捡起来，是为自己正体统，可以名正言顺统治天下。故而当"王祥卧冰""王戎死孝"这般事件一经传出，司马氏欣喜若狂，立刻拿过来作为全民的道德标杆。两件事于今可谓是怪谈，不过在那样一个统治者迫切寻找模范的时刻，却被用来教化众人。王祥是王戎的祖辈人物，其生母早早逝去，继母时常虐待他，且常常在其父面前诋毁他。他非但不懊恼，反而愈加恭敬。一年冬天，继母忽然想吃鲤鱼，但因天气严寒，北风凛冽，无法捕捉。王祥便赤身躺在冰上，等待坚冰融化，以钓到鲤鱼，献给继母。他这般做法，极为恭敬谨慎，却不符合人性与人情。作为王祥子孙的王戎也继承了祖上留下来的传统，他极有孝心，母亲去世后终日愁眉不展，不久便骨瘦如柴。然而守丧期间，他并未忌酒忌肉，否则他平日所服用的"五石散"便会置他于死地。在为母亲的死亡痛心时，他还要了活着去打破世俗戒律，王戎是不得已而为之。

然而，诸多人把王戎这般行为称之为"死孝"。"死孝"即是为人子女者不惜生命去爱护自己的父母。如此看来，王戎则不孝至极。况且他十分惜命，将保命作为孝的前提。当然，他能为母亲的去世哀伤过度而形销骨立，也算得上孝心，值得西晋的士大夫膜拜学习。

这样的孝道令人啼笑皆非。孝与不孝，是从内心涓涓流出的深切情感，苟求不来。孝并没有固定的模式，规定的行为。顺从父母之意即是孝，但明知父母说错仍应声而为即是愚孝。卧冰求鲤固然令人感动，但这般行为与儒家所言"身体发肤，受之父母"是否又相悖呢。父母亡故，守孝三年，子女应禁荤禁酒，王戎为母亲守孝却对其不管不顾，是否又说明他并非孝子呢？其实孝与不孝根本不应用规矩来衡量，而应用人心来评判。由此看来，魏晋的士族阶层所推崇的那一套不过是虚伪至极的假道学。

与大多数人愚守的这种道德情操相对立的，便是魏晋时期渴求无为而治、自由生活、求黄老、爱玄学的"山人"。他们宁做真小人，喝酒吃肉，亦不做伪君子，守着满口的仁义道德却做着穷奢极欲的事。于是，抱着不同情感和人生观的真小人与伪君子开始互相倾轧，伪君子一度占领上风，却并不能击败真小人的丹心。在沉重的角力漩涡里，凡被卷入的人都无比痛苦，终于有人忍不住陷入癫狂，高声陈词，此人便是左思。左思并非历史上多么有名的能臣将相，却以《三都赋》名震京都，其文辞华美瑰丽，既梦幻又写实，瞬间便成了人们争相传抄的妙文，创造了"洛阳纸贵"的佳话。如左思这样的才子，应是体态修长、玉树临风般的模样，偏偏他出身贫寒，矮小丑陋，且天性倔强而执拗，视钱财富贵如粪土，看荣辱如浮云。

最初表示对晋代人心不古、世风日下不满的人，左思摘不了头筹。然而彼时文人皆惧怕司马家族的高压政策，生怕哪一句逆耳之言传到统治者耳中，便会落得诛杀九族的下场。落笔做文章时，便只谈清风明月，即便提及当下政治时，也只是深藏不露。而左思却大反其道，慷慨陈词。他写过八首咏史诗，拿古人做文章，句句带刺，指上骂下，痛快淋漓。

吾希段干木，偃息藩魏君。吾慕鲁仲连，谈笑却秦军。当世贵不羁，遭难能解纷。功成耻受赏，高节卓不群。临组不肯绁，对珪宁肯分。连玺曜前庭，比之犹浮云。

左思《咏史》八首（其三）

左思非常仰慕段干木、鲁仲连等历史上有名的贤士，于是在他的诗中以两人的经历来鼓励自己。段干木是战国时期的贤者，虽隐居安卧茅庐不出仕，仍私下提点魏国君主，保住魏国免遭秦国的兵祸；而鲁仲连是战国末期的名士，喜好自由自在不受束缚的生活，却在国难时能站出来解除祸乱，待大功告成后拒不受赏，并以此为耻。左思欣赏的便是二人的高洁，对于这些人来说，名利不过浮云贱草，不值一提。左思的每一首《咏史》，所言的古人要么是贤士，要么是英雄，他一面高声赞叹，一面低语自抚疗伤。由于晋代门阀制度的限制，严重影响寒士进入仕途，所以左思极度唾弃门阀势力，一度流露过厌世的情绪，也誓言要远离这个腐败的俗世。虽说如此，他更多的是心有不甘。倘若真的无心功名，何必做这般无谓之举，大可归隐深林，纵情山水，咏物颂景，想必这样的生活会更称心意。他歌咏名士英雄之举，大有毛遂自荐的意味，只是在左右摇摆中，他早已辨不清方向。在古代，凡是自诩有几分才情的人，多半想要成为风云人物，名载史册。晋惠帝时，左思也曾依附权贵贾谧，是文人集团"二十四友"的成员。贾谧的惨死，让他才意识到自己误入歧途。所以八王之乱时，齐王司马冏召左思做记室督，他毅然决然地不就职。

时不我与，生不逢时。左思赶上的不是一个值得他为之付出一切的时代。两晋的门阀家族非常庞大，尤以山东琅琊王氏、山东泰山羊氏、河南陈郡谢氏、河南颍川庾氏、山西闻喜裴氏、山西太原王氏等家族最突出。据载，单山西裴氏一家，在百余年间就出了数百名高官，风光无限。被贵族笼罩的朝廷，如左思一样寒微的下层士人倾尽一生，也跳不进龙门，踏不上黄金铺地的仕途。然而，与门阀沾边或者依附权贵也未必是好事，他曲折的经历便是有力的佐证。况且，贵族们声色犬马的糜烂生活难免让人生出厌恶之感，这使左思更为苦闷。这个完全没有士人该有气节的上流社会，怎能不让人失望透顶？

左思自认是大丈夫，有自己该坚持的东西，也有该摒弃的东西，与其守着那一点报效国家的信念，不如放声宣泄不满，抱着自己的情操潇洒离去。但他的背影总是显得孤傲清冷，透着浓浓的凉意。有些人学会扮伪君子，扮得很成功；有些人能够做真小人，做得也很舒坦，但他两者都做不到，只得在寂寞的荒原中，独自守着自己所谓的节操，茫茫然不知所往。

卷四　竟陵文士深宫情

他们是竟陵最杰出的文士，把南朝文坛照耀得绚烂夺目。却因为单纯与傲气，最终换来官场凋零梦。高大的宫墙圈养着畸形的欲望，繁华背后的悲哀，远不如田间的野花自然、纯美。

才子帝王，舍道入佛

皇帝与和尚，是人生的两个极端：皇帝乃万乘之躯，治理万民，享尽世间的荣华富贵，极端热闹；和尚却不问世事，清心寡欲，欲修金刚不坏之身，极端冷静。一个是人上之人，天宠之子；一个是方外之人，斩断七情六欲。凡夫俗子想要走到其中的任何一端，都非易事，从一个极端跳到另一个极端，就足以令人咋舌，更遑论兼具两个极端，简直如水火相容般匪夷所思。

但总有一些超凡之人能将不可能的事情变为现实，梁武帝萧衍便创造了这个奇迹。这个在史书中被称为"六艺备闲，棋登逸品，阴阳纬候，卜筮占决，并悉称善。……草隶尺牍，骑射弓马，莫不奇妙"的全才君王，既博通，又专精，有着历代君王少有的才情。

梁武帝并非不是一个合格的帝王，他在位期间所获的成就可以与南朝开国皇帝相比。在诸多帝王中，唯有他将皇帝与和尚这两个极端汇聚在了自己一个人的身上，更几次做出入寺舍身为奴之事。有这样一个以佛法治国的帝王，就像后世汤用彤先生总结的一样："南朝佛教至梁武帝而全盛。"其实，萧衍的宗教生涯并非纯粹属于佛教，他也曾和"山中宰相"陶弘景一起沉迷于道教。就在他为丹法养生着迷之时，佛教传入中国并日渐壮大。萧衍在了解佛教的教义之后，便毅然转投到了佛教的门下。在他眼中，一切与佛教有关的东西都是如此美妙，而因自身的修佛，使这份美妙不再遥远，仿佛近在咫尺。

真人西灭，泊罗汉东游。五明盛士，并宣北门之教；四姓小臣，稍罢南宫之学。超洙泗之济济，比舍卫之洋洋。是以高檐三丈，乃为祀神之舍；连阁四周，并非中宫之宅。雪山忍辱之草，天宫陀树之花，四照芬吐，五衢异色。能令扶解说法，果出妙衣。鹿苑岂殊，祇林何远。

萧纲《相宫寺碑》（节选）

他弃道修佛的转变便是从"真人西灭，泊罗汉东游"开始的。佛教在西方（即印度）逐渐衰亡，僧侣们开始踏上东行之路，前来我国弘扬佛法。那些擅长教授佛门弟子五种学问的高僧们，一起在禁中北门宣讲佛教。就连曾经整日崇尚儒家的臣子，也逐渐停止了南宫的儒学。讲授佛学的盛况，甚至超过了孔子在洙泗之间聚徒讲学时的座无虚席，可与舍卫国盛大壮观的佛事相媲美，真不愧是"超洙泗之济济，比舍卫之洋洋"。

佛法经义自是高深莫测，非常人所能参透。然而，这般恢宏的讲佛规模，这般通俗的讲佛方式，让天之骄子几乎如入魔一般无法自拔。佛法对于梁武帝而言，不再是玄妙不可及的外物，不再有镜花水月般的朦胧之感，而是源自内心的皈依、灵魂的笃定。佛教自此成为帝王的信仰，由此也日趋壮大起来。

万物皆有前缘，微风乍起，波澜顿生；沧海变迁，方有桑田。佛教势力渐盛，寺院由此扩建，自"是以高檐三丈"至"祇林何远"，莫不是对此现象的详细描述，绝非夸张之谈。

那些高达三丈的屋檐、四周相连的亭台楼阁，并非官宦巨贾们的居所，而是祭祀神明的房舍。雪山之巅那代表智慧与觉悟的忍辱草，天宫中见月光而开花的陀树，南面鹊山上那茂盛的黑木，皆散发着动人的光彩和迷人的芬芳，少室山上的帝休树枝叶繁茂色彩斑斓，这些仿佛皆是普度众生之佛的神圣赐予，使人能揣摩领悟佛法的奥妙。如此看来，此处与释迦牟尼成道后初转法轮之地——鹿野苑，也并无相异之处。而那些所谓的祇园精舍，也便不再如空中之月那般遥不可及。确然，自从舍道入佛之后，萧衍的人生便发生了巨大的变化，他认为生活自有美妙之处。滚滚红尘，纵然值得留恋，但若与空明澄澈的佛教相比，自是不可同日而语。他以虔诚之姿，本真之态，殷切之心，慢慢地与佛靠近。对于他而言，山河变迁，岁月轮转皆是修成正果的必要过程。如若人生是一场修行，那么此刻他便以最为诚挚的行动，表白对佛的皈依：不近女色，不吃荤，不沾酒，用佛教清心寡欲的教义约束自己本可奢侈无度的生活，俨然一个带发修行的佛门俗家弟子。

或许有人嘲笑萧衍此举的荒唐，但不可否认鲜少有帝王能专心笃信到这般地步。清时亦有帝王遁入空门，相传顺治帝福临便在自己心爱的董鄂妃去世后，因悲伤过度，便隐遁于佛门之内。相比之下，后者不过是以佛法治愈爱情之伤，而萧衍一意向佛，心无旁骛。

然而，萧衍并不满足于此。普通八年（527）三月八日，萧衍前往同泰寺第一次"舍身出家"。他脱下皇袍，穿起法衣，为僧众执役，情愿舍去万里江山，舍去九五之尊的名衔，也舍去三宫六院的倾城红颜，只为做一名真正的佛教徒。

命运自有安排，尘缘自有定数，荣华富贵属于身外之物，自然可以放下，但帝王的身份是"上天赐予"，无法舍弃的，即便心中有千般不愿，万般不甘，他终究要接受宿命的安排，返回金碧辉煌的宫殿，指点江山。故而，三天之后，萧衍回到皇宫，大赦天下，并改年号为"大通"。此后，萧衍曾多次"出家"，且出家的时间日益增长。直到后来，他甚至要求朝中大臣给同泰寺捐钱方能赎回自己。至此，萧衍的心已然皈依佛门，而那金贵的帝王身份，则恰恰成为他为佛门尽绵薄之力的手段。因萧衍虔诚至极，佛教几乎被推上了国教之位，一时间朝廷内外、王侯百姓奉佛成风，修建佛寺、铸造佛像、兴办无遮大会成为人人热衷的活动。寺院更是数不胜数，仅建康（今江苏南京）一处便有五百余座，且每座"经营雕丽，奄若天宫"，故而，诗人杜牧有"南朝四百八十寺，多少楼台烟雨中"的诗句便不足为奇了。

然而，迷蒙的烟雨之中，诸如同泰寺、大爱敬寺、大智度寺之类的名寺、古刹随着时间的流逝，以及佛教势力的衰微，逐渐失去了耀眼的光辉，甚至湮灭于历史的长河中，不再被人提及。然而有一间相宫寺，则因萧衍的儿子——梁简文帝萧纲和他的一篇碑铭，让后人得以顺着时光的线索溯游从之，回到那段处处弥漫着佛香的时代，见识一下古寺的宏大、庄严。萧纲的这篇碑铭传神地将父亲萧衍对佛教的笃信以及名寺、古刹的庄严与肃穆描写出来，成为追忆那个年代不可或缺的佐证。

　　开基紫陌，峻极云端。实惟爽垲，栖心之地。譬若净土，长为佛事。银铺曜色，玉础金光。塔如仙掌，楼疑凤皇。珠生月魄，钟应秋霜。鸟依交露，幡承杏梁。窗舒意蕊，室度心香。天琴夜下，绀马朝翔。生灭可度，离苦获常。相续有尽，归乎道场。

萧纲《相宫寺碑》（节选）

　　古人有风水之说，寺院的位置更是极为讲究。寺院本是僧人修习佛法之地，纵然佛祖自在心中，但于崇奉佛教的帝王而言，修行之所格外重要。此段节选的前三句，便道尽了相宫寺之地的深幽与静谧。在京城大道奠基修建的相宫寺，宏伟壮丽，高耸入云。地势极高且土质干燥，实乃修建祇园精舍的理想之所，亦是心灵休憩的最佳选择。此处犹如未被俗世垢染的清净世界，亦似一朵娉婷的白莲，不染尘埃丝毫。

　　相宫寺自有令人称奇之处，不然皇帝也不会常来此地修行。银制的门环底座散发着明亮的光彩，汉白玉做的梁柱础磴闪耀着金光，凌空的塔楼仿佛仙人的手掌，巧妙设计的楼台犹如展翅飞翔的凤凰。炫目的珠宝与清冷的月光相映成趣，寺庙的钟声应和着凛凛的秋霜。鸟儿在清晨露水凝结之时飞离巢穴，幡旗在杏木梁下迎风招展。敬佛的心意如花蕊般散发出芳馨，四周环绕的是虔诚供佛的焚香。源自天上的仙乐，在夜间突然降临人间；天青色的宝马，于凌晨之时翱翔于天际。在如此的清静之地，佛家的修为必能达至极高之境界，甚至"生灭可度，离苦获常"，亦不足为奇。宽厚仁慈的佛法，让世人笃信，路途总有终点，轮回必然存在止境，永恒之界自会在苦心修行之后显现。进入永恒之前，总会有一个尽头，那就是相宫寺这一道场。

相宫寺，一个在梁代时未曾够格列入名寺之列的寺庙尚且有如此的规模，其他古刹之气势可想而知。"四百八十"座如此辉煌的寺院，散布于烟雨迷蒙的建康城，再加上从未间断过的缭绕的佛香，萧衍开创的梁代，一如他皇帝与和尚的双重身份和被饿死的下场，曲折迷离。

侯门深海，断袖余桃

皇宫内院，向来都是人们梦寐以求的"仙境"，高高在上的姿态、享不尽的荣华富贵、万千宠爱集于一身的尊贵，曾吸引了无数貌美如花的女子。就连那些走投无路的男子，也会把去掉男根入皇宫作为一个不错的选择。

然而，梦想总是丰腴饱满，现实总是干瘦如柴。宫内的生活并非想象中的那般美好。俗语有云：一入侯门深似海。那些宦官纵然离天之骄子只有一尺之遥，但伴君如伴虎，或许清晨还处于庙堂，黄昏之时便已到江湖，更可怕的则是那宫墙之内、深院之中不曾流传的私密。那些稍微值得炫耀的深宅大院、富贵人家尚且如此，何况是天下最有权势的人所居住的皇宫，其中所隐含的秘密自然是数不胜数。在金碧辉煌的背后，隐藏的是匪夷所思的昏聩与荒唐，宫体诗的出现便是最好的证明。提到宫体诗，世人大多想到描摹深宫女子幽怨的宫怨诗，如汉代班婕妤的《怨歌行》、白居易的《上阳白发人》等。其实深宫之中除却女子的幽怨，也有其他可歌可书的题材。纵然宫体诗多半缛丽、繁腻，其中也不乏清新之作，那些对美人的单纯描绘与赞美，是美的历程中不容忽视的一笔，李白为杨贵妃所作的《清平调》即是如此。爱美之心人皆有之，但面对美的事物，并非人人都能只是保持着一种欣赏的态度去观赏，而不产生其他的念头。

尤其是对于拥有全天下所有美人的帝王而言，"只可远观而不可亵玩"仿佛一则天大的笑话，他们可以随意支配任何人做任何事。貌美的女子对于帝王而言更多是一种玩物，所谓的荣宠也不过是对花容月貌的褒奖。历代帝王将对美的任意支配这一特权，作为一个人所共知的秘密独自地享用着。及至南朝，尤其是自梁代时起，那些极富文采的帝王们，开始将这一秘密公开，毫不掩饰地把皇宫中的那些荒唐事儿告知世人。

> 北窗聊就枕，南檐日未斜。
> 攀钩落绮障，插捩举琵琶。
> 梦笑开娇靥，眠鬟压落花。
> 簟文生玉腕，香汗浸红纱。
> 夫婿恒相伴，莫误是倡家。
>
> 萧纲《咏内人昼眠》

炎热的夏季，正午时分，悬挂于天际正当中的太阳，炽烈地烤着大地，知了亦是燥热难耐，有气无力地呐喊着、抗议着。

就在这个炎热如火的夏日午后，一幅旖旎的画卷正慢慢展开。悠扬的琵琶声起起落落，仿佛燥热的夏日也渐渐宁谧、清凉起来。坐北朝南的屋舍内，妃子取下吊挂着帷幄的钩子，华美的帷幄随之悄然垂落了下来。而后，她把琵琶的拨子插好，将琵琶托举起来安放好。一切准备就绪，她便松下鬓发，铺开被衾，在北窗之下的阴凉处睡下。抬头看看南边屋檐下的影子，一点倾斜的样子都没有，正是午睡的好时候呢。

想着想着，就这样睡着了。时间点点滴滴流逝，我们无从知晓她做了一个怎样的梦，但那定然是一个甜美温存的梦，故而会有"梦笑开娇靥，眠鬟压落花"的动人场景。她娇美的脸庞上浮现出了幸福的笑容，甜甜的小酒窝也随之显露了出来。堆在枕上的乌云似的发鬟，散压在由窗外飘进的落花中，真可谓是梦中笑靥、鬓边落花，不用渲染已是足够美艳。

睡至酣处，洁白如玉的手腕上，便印上了若隐若现的竹簟花纹，散发着香气的汗水，浸透了枚红色细绢支撑的薄衣，夫君想要给她试试额头上的细汗，又怕惊醒了她的一晌美梦。

她的美远不止于此，更有"簟文生玉腕，香汗浸红纱"。睡至酣处，她轻轻而慵懒地翻了个身，洁白如玉的手腕上印上了若隐若现的竹簟花纹，散发着香气的汗水，浸透了红绢织成的夏衣。她并非一个不知自爱之人，坐在一旁仔细端详她熟睡中样子的，是她的丈夫，是连午睡时分亦对她寸步不离的皇帝。至"夫婿恒相伴，莫误是倡家"之时，才道出如此香艳之场景，源自皇宫内院之中。

惬意的午休、甜美的梦境、丈夫的相守，无一不证明了这位妃子的幸福与美满。但萧纲用特殊的笔法，让这份幸福稍稍变了味道："梦笑""眠鬟""簟纹""香汗"，无一词不具有"肉感"；细致描绘的睡姿，让情真意切的爱情表白"夫婿恒相伴"，变成了美色诱惑下的讨好之语。香艳的措辞，算不上雅致的趣味，展露了宫廷生活的一个侧面，虽不至于完全归入艳情诗的行列，但其中朦朦胧胧的煽情和挑逗的意味，却也招来了无数"淫荡"的非议。或许，这正是萧纲所坚持的作文方针——"文章且须放荡"的实践之作。

然而，萧纲的这首诗，无论是措辞，还是内容，对当时淫乱的宫廷而言，都可以算得上是"纯洁之作"，最起码比起他的另外一首诗——《娈童》来，要容易接受得多。

娈童娇丽质，践董复超瑕。羽帐晨香满，珠帘夕漏赊。翠被含鸳色，雕床镂象牙。妙年同小史，姝貌比朝霞。袖裁连璧锦，笺织细种花。揽裤轻红出，回头双鬓斜。懒眼时含笑，玉手乍攀花。怀猜非后钓，密爱似前车。足使燕姬妒，弥令郑女嗟。

萧纲《娈童》

溢满芳香气息的羽帐、夕阳下跳动的珠帘、绣着鸳鸯的锦被、象牙制成的雕床、灿若朝霞的容颜、裤下轻红色的衣衫、回眸间微斜的双鬓、含笑眼攀花手，无一不是妙龄女子的装扮与神态。但萧纲在一开始，便明确地指出，他诗中所绘之人，乃是男儿身，而且是一个胜过董贤和弥子瑕的美少年。

男子的俊美与女子的装束，置于同一个人的身上，不禁让人产生错位之感。而在萧纲眼中，正是这种女子的艳丽与妖冶，才是他最欣赏的。他在用一种特殊的眼光，审视眼前的这个少年，并将其视为一个美女。

男女的身份，在萧纲那里，已然完全混乱。他沉迷于对美的欣赏，却只限于纯粹的感官之美，以及由此引发的在心中翻腾的情欲，即便是同性亦可纳入其中。一首《娈童》，在缜密的叙述间，无疑透露出了他痴醉的同性爱恋。虽说在此之前，也有不少有断袖之癖的人，但他们总是极力地掩饰，生怕被人发现了之后，招来异样的眼光。但萧纲则一反常态，他将自己的这一特殊爱好，大张旗鼓地告知世人，同性之爱就这样第一次登堂入室。不仅如此，萧纲身边的文人庾信，更是与萧韶有一段真实的断袖之恋。这才是宫门背后的真实。在高高围起的宫墙之内，有世上最美的容颜，他们的一颦一笑，都有摄人心魄的力量。但也正是因为这一点，看似金碧辉煌的皇宫内院中，出现了许多荒唐至极之事，潘玉儿的受宠便是典型。

萧宝卷沉迷于潘玉儿的一双妙足，特地为她修了一座"玉寿殿"，殿内地铺白玉，凿为莲花，以粉色美玉装饰。每当潘玉儿赤足在上面婀娜而行时，宛若仙女下凡，所过之处莲花绽放，故而有"步步生莲花"之说。可见，宫廷之中，真如闻一多所言："人人眼角里是淫荡""人人心中怀着鬼胎"。

这些沉迷于享乐的皇宫中人，将所有的视线都集中到了他们愿意看的事情上，而对其他的一切都选择视而不见；他们沉沦于"步步生莲花"的曼妙，却忽略了"莲花"开到极盛之后必然凋零的结局，就跟他们脚下的江山一样。

一代文才，误入官场

元长秉奇调，弱冠慕前踪。
眷言怀祖武，一篑望成峰。

途艰行易跌，命舛志难逢。

折风落迅羽，流恨满青松。

　　　　　　　　沈约《伤王融》

　　魏晋之时，最辉煌最繁盛的家族，莫过于琅琊王氏。王融作为东晋宰相王导的六世孙，出身于这个名气斐然的豪门家族，已然是莫大的幸运，足令他感到自豪，更何况上苍又许他八斗才情。年少之时，他便已"神明警惠"，在母亲临川太守谢惠宣女的教导之下，更是"博涉有文才"，未到弱冠之年便被举荐为秀才。故而，他能在别人提到那个七岁便能属文的神童外甥刘孝绰时，自负地说："天下间的文章，如果没有我的话，就最数孝绰出色了。"

　　王融自是有自负的资本，那篇名为《三月三日曲水诗序》的颂词名动一时，不仅轰动了江左的文坛，就连北朝的士人也为其文采所折服。他宛如一颗耀眼的明星，将本来就已是群星闪耀的文坛照得更加璀璨夺目。

　　天赋使然，际遇使然，王融像是注定要与文字结下千丝万缕的联系。韩愈有云"术业有专攻"，在文学这片广袤的天空中，王融好似雄鹰一般，展开双翅恣意翱翔。他在书卷中习学研读，体会着那份宁静致远的美。

　　他将整个时代当作舞台，将笔墨纸砚当作道具，欲要用万丈才情、凌云壮志，绽放出足以照亮一生的光芒。作为琅琊王氏的后人，他势必要像王家祖先那样干一番大事业，在而立之年成为宰辅之臣。一个人一旦渴慕的东西多了，就必然会为之付出难以想象的代价，并不是他苛求，不过是有所舍弃才能有所收获的简单道理。

　　然而，万事皆是一半明媚一半忧伤。你本想坐拥天下，或许会落在寻常百姓家；你本想过一种平淡的生活，却偏偏成了万人瞩目的帝王。上苍许了王融显贵的身世、非凡的才情，同时也将他放置在乱世中作为代价。永明十一年（493），王融已二十六岁，时任中书郎，这与他所期望的宰相之位相距甚远，对当下境遇不满也算得情理中事。故而，他总是心怀悲凄，甚至在处理政务之时，忍不住发出这样的悲叹:"如今已年近三十,却还是如此落寞,真要被东汉时期二十四岁便担任司徒的邓禹笑掉大牙了。"

他的才情、他的抱负,比他年长二十六岁的忘年交沈约全都明白,故而能提笔为他写下这般诗句:"元长秉奇调,弱冠慕前踪。"沈约定然喜欢这个才华横溢且有凌云壮志的年轻人,亦会期望王融能实现自己的愿望。只是,命运之海波折汹涌,他们二人都没有料到:王融的二十六岁竟会成为他人生中最后一个完整的年头。是年,是齐武帝萧赜即位的第十一个年头,乱世中难得的平静时光出现了不寻常的征兆:新年伊始,年仅三十六岁的皇太子萧长懋,便毫无征兆地先他父亲去世。向来以保守治国的萧赜,突然下令北伐。进攻的大计还未来得及付诸实施,萧赜却一病不起……就在这些细微的变化之中,王融嗅到了成功的味道,兴奋之余却忽略了同时传来的危险气息。

人生自是一条向死而生的道路,不管是天潢贵胄也好,贫民庶人也罢,都再无其他归宿。酷热难耐的七月,齐武帝的病情日渐加重,纵然他仍留恋一呼百诺的帝王生活,但深知大限已到。因太子萧长懋过世,皇储问题又提上日程。世人皆认为嫡次子、竟陵王萧子良,是太子的不二人选,然而病得奄奄一息的萧赜却按照"立嫡以长不以贤,立子以贵不以长"的古训,立容貌俊美、写得一手好字却臭名昭著的长子萧昭业为太子,且让萧子良辅佐之。

立皇储向来是宫廷大事,齐武帝不得不谨慎。出于对整个国家的考虑,他又产生了改立萧子良的念头。于是,他下令让萧子良入殿侍奉汤药,萧衍、范云、王融等人也一并随萧子良在殿内侍候着。此时,写得一手好文章的中书郎王融,便负责起草遗诏。齐武帝的犹豫不决,让向来有意拥立萧子良的王融看到了希望,让他下定决心在这个关键的时刻赌上一把。如王融一般,能抓住机遇奋力一搏的文人,自是不在少数。然而,置身于深不可测的宦海之中,稍不留心便会落得船沉人亡的下场。即便如此,多半人还是情愿放手一搏,期望能划着小舟安然渡到成功之岸。于是，他们铤而走险，迈出了决定成败的那一步。

王融亦是如此，纵然前方是滔天波浪，他也不愿在风平浪静之地平庸地度过一生。他不愿再只是做一个小小的中书郎，他要的是起码可以媲美先祖的成就，因而，在决定储位的关键时刻，他做出了一个致命的决定：帮助萧子良登上王位。他趁着齐武帝弥留之际，利用中书郎的职权，起草了一份将皇位传给萧子良的遗诏，并身着军装，在中书省门口拦截萧昭业，以阻止其与皇帝见面。

本是明朗的晴天，却忽然响起一声惊雷，茫茫宦海中顿时波澜四起，浪潮翻涌，王融乘坐的小舟，自然也是颠簸晃荡，眼看就要底朝天。早已昏迷不醒的齐武帝突然醒了，他醒来的第一句话便问皇孙在何处，王融那份十拿九稳的诏书，突然就变成了一张废纸。

好不容易醒过来的齐武帝，也不用再写什么诏书了，他当面授意萧昭业继承王位，萧鸾与萧子良共同辅佐。一场惊心动魄的事件，就此平息。王融位极人臣的美梦，就此破灭，果真是"一篑望成峰"。但他输掉的还不只是一场美梦，还有他的性命。或许王融自始至终就是一颗任人摆布的棋子，所谓棋子自是有用时取之，无用时弃之。萧昭业登上皇位后，王融便成了无用之棋，自然要被舍弃。萧昭业即位后仅仅十日，王融便被收押入狱，诏命赐死，是年年仅二十七岁。

这般结局，其实从一开始便已注定，纵然王融占据着极大的优势，但他帮助萧子良登上帝位的这一决定，并没能像后来的玄武门之变一样，得到同盟者的支持。追根究底，王融都是一个人在战斗，就连他支持的萧子良，也在紧要关头背叛了他，这就注定了他的这场战斗必然会以失败告终。

这样的结局是王融和沈约都不曾预见到的，故而，王融丢掉了性命，而沈约也只能在挚友死去之后，"流恨满青松"之时，无奈地道一句"途艰行易跌，命舛志难逢"来表达对旧友的哀伤与惋惜之情。但沈约始终无法释怀：才华横溢的王融，本应是为文坛而生的，为何要成为那个钩心斗角、变幻莫测的官场的牺牲品。

清逸流丽,浑然天成

在幽深的岁月中,书页会渐渐泛黄,墨迹会日益黯淡,然而那些绝美绵延的诗篇,反倒经过时间的润泽,变得愈来愈意味深长。如今,早已遍寻不到古朴卓绝的学塾坍圮了,但窗明几净的教室中,依旧传出诵读诗书的朗朗之声。其实,一切都未曾改变,那些散着墨香的诗文,自始至终都凝聚着国人的心魄。

文化不曾断层,后人总是站在前人的肩上,得以看到更为广阔的世界。

即便是"诗仙"李白也不例外,当后世奉他为神明,摇头晃脑地吟诵着他的名篇佳作之时,目光锐利、极度自负的李白也在为自己的偶像——谢朓而倾倒,品读着偶像的诗作,李白不禁道出了"我吟谢朓诗上语,朔风飒飒吹飞雨",字里行间满是对谢朓的敬畏与赞叹。

谢朓出生于南朝历经数百年经久不衰的四大门阀士族之一——谢家,强大的政治势力背后,伴随的是震惊天下的才情。谢安、谢道韫、谢庄都是谢朓的同族,他们皆以长于写景而名动天下,尤其是山水诗的开创者谢灵运,更是以清新自然恬静的诗风赢得了世人的赞誉。拥有过人天赋的谢朓,便是生长于这样的书香世家,耳濡目染中,他年少之时便能写出清丽脱俗的诗作,且以五言诗最为擅长。谢朓早早地在文坛上闯出了"小谢"的名号,与谢灵运并称"二谢"。

在雍容华贵的盛唐恣意悠游的李白,放荡不羁而又极度自负,并不将门第与名誉放在眼中。门第可以令谄媚之人低头折腰,却无法令那傲慢至极、无视富贵的李白倾倒。真正令他折服、甘愿"一生低首"的,是谢朓飘逸空灵的诗作,是其中所体现出的"清水出芙蓉,天然去雕饰"的清新风格。他被庙堂放逐之后,大唐的山山水水皆成了他的归宿。无论是粗犷的大漠,还是隽秀的江南,都是绝好的去处。而他为了能拉近与谢朓的距离,便将一生的大部分时光,都留在了钟灵毓秀的江南,特别是那个谢朓曾留下无数名作的宣城（今安徽宣城）。齐明帝建武二年(495)春天,谢朓接到任命,出任宣城太守。一切准备妥当之后,谢朓自金陵出发,逆大江西行,到宣城赴任。途经长江沿岸的三山之时,写下了名篇《晚登三山还望京邑》:

　　灞涘望长安,河阳视京县。白日丽飞甍,参差皆可见。余霞散成绮,澄江静如练。喧鸟覆春洲,杂英满芳甸。去矣方滞淫,怀哉罢欢宴。佳期怅何许,泪下如流霰。有情知望乡,谁能鬒不变?

谢朓《晚登三山还望京邑》

　　前往宣城的路上,离家越远,谢朓的思乡之情愈切。他登上三山,"灞涘望长安,河阳视京县"。此刻站在三山山顶上的谢朓回望建康,与王粲在灞涘回望长安的场景竟是如此相似,想必当时的王粲也和此刻的他一样,心中不仅怀着对故乡的眷恋之情,更有对清平治世的渴望。

　　极目远眺,建康城中皇宫和贵族宅第的飞檐明丽辉煌、参差不齐,在傍晚日光的照耀下清晰可见,正是"白日丽飞甍,参差皆可见"。纵然心知已离开很远,但还是忍不住想要从中寻找自己的旧居。回首之时,望见的不过是氤氲的雾气,心中自然满是忧愁与怅惘。犹如每一个离乡之人总爱在午夜梦回时,勾勒描摹故土的形状,试图探手抚摩熟悉的墙壁,嗅闻故乡的味道。

　　不经意间,太阳已经西斜,眼前的景色美得令人沉醉,在谢朓的笔下,化为了"余霞散成绮,澄江静如练。喧鸟覆春洲,杂英满芳甸"。灿烂的晚霞铺满整个天际,宛如一匹散落的锦缎。余晖之下,清澄的大江与天相接,犹如一条纯净的白练。喧闹的归鸟,齐齐停落在江中的小岛之上,各色野花开遍了整个郊野。云霞与江水、群鸟与繁花相映成趣,构成了一幅明澈空灵的水墨画。然而,美景如斯也未能消减谢朓的思乡情,又岂是后面的六句诗所能道尽。欣赏之余,他不觉地将注意力集中到了那群归巢的小鸟身上,它们尚且知道归家,但行人不得不离乡背井。回想过去欢愉的日子,脑中不禁闪出半路折回的念头，一想到这一去，还乡之日便遥遥无期，泪珠就不受控制地洒落。每个人的心中都有对故乡的依恋，如此长久的别离，谁能保证浓密的黑发变成白发之前，一定能回到家乡呢？

李商隐曾写下"君问归期未有期"，世间皆是身不由己之人，流浪他乡又怎能知晓何时归去。谢朓不知归期，李白亦是如此，然而，谢朓那清新淡雅、不事雕琢的诗句，深深感动了李白，以至于多年后，在一个万籁俱寂的夜晚，李白登上金陵的西楼，眼前的美景令他震惊：在静谧的夜空之下，他看到了谢朓笔下绝妙的意境。于是，他有感而发："解道澄江静如练，令人长忆谢玄晖""三山怀谢朓，绿水望长安"。不记得这是第几次想到谢朓了，在江南游历的这段时间里，无论登山临水，还是策马乘舟，李白总是感觉这一切都是谢朓曾经经历过的，仿佛他就在自己的身边。他同样怀揣着对故土的思恋，将谢朓走过的路，重新走了一遍。或许宣城已然不复当初模样，此地的山水也浅淡了色泽，但他觉得心神与谢朓息息相通，体味了谢朓笔下的真实情意。因而，他会突然停下来，大声诵读谢朓的诗；也会在自己的作品之中，有意无意地提及这位偶像。终其一生，李白都未曾改变对谢朓的崇拜与敬仰。

当然，痴迷于谢朓作品的绝不只后世的李白，即便是与谢朓同一时代之人，也对其推崇备至。同为"竟陵八友"，梁武帝萧衍便曾直白地说："三日不读谢朓之诗，便觉口臭"；沈约则用一首诗作来表达对谢朓诗"二百年来无此诗"的赞叹。

> 吏部信才杰，文峰振奇响。
> 调与金石谐，思逐风云上。
>
> 沈约《伤谢朓》（节选）

谢朓的才情并非常人所能企及，其诗内容高华，格调高雅，可与灵秀飘逸的风云相媲美，故而能得到沈约"吏部信才杰，文峰振奇响"的赞誉。而后，沈约道明了谢朓在文坛独占鳌头的缘由——诗作的音调铿锵而优雅，甚至可以与丝竹演奏的音乐之声相媲美，听之必然令人赏心愉悦。

沈约的称赞绝非恭维。谢朓"好诗圆美，流转如弹丸"的主张，正是源于沈约毕生醉心追求的诗之声律美，他与"竟陵八友"的其他几人，将沈约的声律之说运用于自己的诗歌创作之中，共同开创了一种新的诗体——"永明体"。身为"永明体"的代表诗人，沈约无疑是懂谢朓的。自然，他的评价就绝非那些人云亦云者的吹嘘，而实为知音之评。

就是这般才华横溢的谢朓用三十六年的短暂生命，创作了无数动人的诗篇。绚烂的色彩、绝美的意境、"仕隐"的追求、悦耳的声律巧妙地融为一体，将视觉的画面美与听觉的韵律美合二为一。他的诗注定被铭记，被后世好读之人反复咀嚼，吟诵，感悟，必有知音之人懂得品评。那些字句即便用"笔落惊风雨，诗成泣鬼神"来形容，也毫不为过，何况李白的一句"我吟谢朓诗上语，朔风飒飒吹飞雨"。

醉不成欢，离愁难尽

正值春花竞开的年少之时，范云便跟随仕途不定的父亲范抗辗转来到了湖北武汉附近的郢府。不自知愁滋味的少年，自然也不懂得那戴月踏雪、舟车颠簸的烦扰。况且来到郢府，他遇见了年长他十岁、在郢府任记室参军的沈约，二人一见如故，结为忘年好友。一路上有风景可赏，落脚之地有好友相伴，命运对他到底慷慨至极。

世间缘分自有定数，缘来时相聚，彼此相伴度过一段锦瑟时光；缘尽时分散，挽留不过是徒然。范云与沈约时常月下小酌，吟诗作赋，生活不可谓不惬意。然而沈约接到调职命令，两人的离散也就无法避免。范云知晓挽留无益，只好铺纸研墨，用自己最拿手的方式表达对沈约的情义。于是，这个八岁便能赋诗属文、"下笔辄成"的天才，写下了第一首专为沈约而作的送别诗：

> 桂水澄夜氛，楚山清晓云。
>
> 秋风两乡怨，秋月千里分。

寒枝宁共采，霜猿行独闻。

扪萝正意我，折桂方思君。

范云《送沈记室夜别》

　　许是天意弄人，友人临行前最后一夜，竟然美景如斯——"桂水澄夜氛，楚山清晓云"。深夜静谧幽幽，安详恬淡，河水芳香四溢的气息，弥漫于每一个角落。两人像往常一般斟满酒杯，蘸着清凉的月色，畅叙幽情。时间倏然而过，不知不觉间夜色已然褪去。想必今日又是一个天朗气清、云淡风轻的好日子，然而正是这一天，友人将要启程远行。

　　分袂之时固然难过，更让人伤怀的是此后每一个晨昏暮晓。范云思虑至此，挥笔写下了下面的诗句。自今日之后，你我二人将会分隔两地，再也无法如昨夜那般秉烛夜谈。幸而，你我心灵相通，即便有千里之隔，亦能借天上的明月分享彼此的心事。回首过去共同采摘寒枝、探讨诗文的点点滴滴，皆被欢欣刻满。此别之后，你我将踏上各自独行的旅程，必然少了许多欢愉，多了无尽的寂寥。但我心知，每当看到寒枝和那些共同经历的东西，我们必然会立刻想到对方，这种心心相印的浓厚友情是断然不会改变的。在一场离别中，离去之人在漫漫长途中自是寂寥难耐，留下之人亦是守着回忆取暖，一时竟道不明谁更痛苦，谁更伤怀。于是，千万篇离别诗人中，多半皆充盈着哀愁与悲戚。刚刚年过二十岁的范云，纵然亦是悲伤难耐，但落在纸上的诗，却流露出一股清新之气，无意中淡化了"醉不成欢惨将别，别时茫茫江浸月"中浓重的离愁之情，显得轻盈洒脱了许多。

　　然而，这不过是开始，此后范云经历的离别和他的年轮一样，越来越多，身为诗人的他以敏感之思，深刻地品味着曾经被自己忽略的愁绪。年少时，以为人生很长，后会有期，于是那一场场离别并未在那方狭窄心湖里掀起多么狂野的波澜。而后年岁渐增，才渐渐明晓人走即茶凉，来日方长之语不过是一种谎言般的慰藉。

步入中年的他，蓦然回首，恍然发觉最清晰最明亮的时光，是少年时日夜相伴、惺惺相惜的朋友，于是他再也无法像第一次送别沈约那般，潇洒地对待分离。心中总是幻想着朋友能长久地相聚，但分离的号角还是会永无止境地在他耳边响起。永明九年（491），一个月光明亮的春夜里，他不得不再次面对挚友的离开。那一夜，他和同为"竟陵八友"成员的萧衍、沈约、王融一起，在京城建康（今南京市）为即将远行的谢朓举办了一次饯行会。每个人用自己的诗文表达着与友人分别时的依依惜别之情，范云也不例外。

> 阳台雾初解，梦渚水裁渌。
>
> 远山隐且见，平沙断还绪。
>
> 分弦饶苦音，别唱多凄曲。
>
> 尔拂后车尘，我事东皋粟。
>
> 范云《饯谢文学离夜》

友人还未远行，诗人之心便已追随友人至将去之地，那里"阳台雾初解，梦渚水裁渌"。谢朓此行是去荆州（今湖北江陵），此地风光旖旎，春日一到便是春水绿如蓝，江花红胜火。此时彼处，正是清晨浓雾即将散去之时，他多想跟随友人一起踏上远行的旅程，却也只是心所往之而已。

既然无法同友人一起前往遥远的荆州，便只能将思绪拉回此刻身处的建康城。范云紧接着用四句五言诗，低吟着离别时刻的忧伤与不舍。在这个明月当空的春夜，远处的山峦若隐若现，就连平日里清晰的道路也变得若断若续，不禁给人以茫然无措之感。丝竹乱耳，曲调凄凉；伶人吟唱，歌声悲戚；青春不再，徒留怅惘。他无法预料相聚的时光还剩多少，只觉愁云笼罩了整颗心。

悲伤的情绪，有极大的牵引力，它能引出许多平日里忽略了的情结，譬如怀才不遇的愁苦。此时的范云便被这两种情绪包围着，在寄望离别好友的同时，道出了心中的打算："尔拂后车尘，我事东皋粟。"你此番以文学侍从的身份上路，无疑也算是一种仕途上的成功。枉我痴长你十几载，却在沉浮不定的宦海里，始终未曾谋得一席之地。但愿在你离开之后，我能辞官归隐、躬耕陇亩，或者像阮籍那样耕作于东皋之阳，"以避当涂者之路"；又或者像陶渊明那样，寻找一片隐秘之地，"临清流而赋诗"。一首《饯谢文学离夜》如同在愁苦的烈酒中浸泡过一般，不快的情绪渗透到了诗文的每个角落，其中固然有怀才不遇的郁闷，有年至不惑的落寞，却也皆因离愁而起。与他少不更事之时所写的送别诗相比，沉重的气息已浓厚了许多。

相聚总是太短，离别却久到遥遥无期。范云这一生似乎总是走在与友人分离的路上，却怎样都学不会不悲伤，不流泪。如若是旁人，或许在一次次离散中早已麻木，而对情感极为细腻的诗人而言，每一次分别，都会在他们心上划下一道无法愈合的伤疤，增添一份沉重与伤感。

写了无数送别名篇的范云明白这一点，他的挚友、同为"竟陵八友"的谢朓当然也明白，所以，才有这首《新亭渚别范零陵云》：

> 洞庭张乐地，潇湘帝子游。
>
> 云去苍梧野，水还江汉流。
>
> 停骖我怅望，辍棹子夷犹。
>
> 广平听方籍，茂陵将见求。
>
> 心事俱已矣，江上徒离忧。

谢朓《新亭渚别范零陵云》

零陵（今湖南零陵县北）乃荆楚之地，自古以来即被视为蛮夷之乡。范云此次到如此荒远之地赴任，已与贬谪无异，向来仕途不顺的他此时难免心怀惆怅。身为朋友，谢朓的心境自然也难以平静，但他明白与其提醒范云所到之处是如何触目惊心，不如给予一定的安慰。故而送别在此时，已不再是杯盏转换间的哀歌，而是温润如水的慰藉。

于是，他以关于湖南的两个动人传说来作为这首送别诗的开头：

"洞庭张乐地，潇湘帝子游"。相传，黄帝曾在洞庭演奏《咸池》之乐，娥皇、女英曾因追随舜不及而死于湘水。有些美丽传说的苍梧之野，四处弥漫着轻烟，悠悠的白云也异常飘然。天际的尽头，滚滚而来的江水汇集于此刻的新亭（今南京郊外）。

分别在即，谢朓不得不从远处的"苍梧野"，回到目之所及的"江汉流"。以有限的六句诗，尽叙对范云的离别之意。你已泛舟江上，却并不马上离去，脸上尽是犹豫不舍的神情；而我则只能在岸边停车驻马，怅然若失地看着你离开。此番一别，希望在零陵你能像晋人郑袤那样政绩显赫，我也能像司马相如一样得到帝王的赏识。然而，那些远大的理想与抱负都已随着滔滔江水逝去了，如今只剩下你我对望中的离别和无穷无尽的忧愁了。

宋代词人苏轼说得好："月有阴晴圆缺，人有悲欢离合"，如若洒脱，一切云淡风轻；如若心存执念，一切沉重纠缠。只愿范云在愈来愈黯淡的时光中，已然学会如何释怀，不再为分离而心痛。

后宫佳丽，思君何极

烟波浩渺的长江两岸，宛若两个截然不同的世界。与北岸隋朝的厉兵秣马不同，南岸的陈朝夜夜笙歌。纸醉金迷间，一张清秀的女子容颜格外引人注目：七尺长发黑亮如漆，面色绯红若朝霞，肌肤剔透胜白雪，双眸明澈似秋水，顾盼回转间光彩夺目，照映左右。她，便是饱受后世非议的陈叔宝的贵妃张丽华。

刚满十岁之时，她便远离了靠织席为生的家人，忽闪着惶惑的眼睛，从草舍茅屋踏进了脂粉凝香的后宫。凭着一副乖巧俊美的容貌，很快博得了陈叔宝最宠爱的妃子——孔妃的喜爱，成为其贴身侍女。

初入宫中，她仿若一朵摇曳的水仙花，以清丽之姿引得众人瞩目。她身上好似散发着光芒，即便是置身于人群中，也能被人轻易认出。如斯美人，又岂能逃过花花公子陈叔宝的双眼。端茶递水、梳头叠被这般琐碎之事，做了不过几日，她便被孔妃的主人——陈叔宝发现了。陈叔宝如同饿极的野狼看到肥嫩的羔羊一般，流着口水盯着眼前这个诱人的"猎物"，目光再也无法离开。

碍于张丽华年纪尚幼，"恐微葩嫩蕊"，陈叔宝只得耐下性子，等着张丽华长大。对于急切盼望张丽华长大的陈叔宝而言，这段时间无疑是漫长的。痛苦的煎熬中，陈叔宝虽然无法享受已到嘴边的"猎物"，却也能将张丽华时时摆在眼前，饱饱眼福。丽华虽幼小，但天资聪颖，琴棋书画、诗词歌舞，寓目即晓。随着年龄的增长，她这朵含羞的水仙花，愈发出落得亭亭玉立，婀娜多姿，光彩照人，惹得陈叔宝对她愈发地喜爱。陈叔宝即位后，便册封张丽华为贵妃。即便是在临朝之时，陈叔宝也不肯放开她，而是将她抱置膝上，同决天下大事。更何况张丽华又为其诞下一子，在那个母凭子贵的时代，自是风光无限。

世人多云，红颜祸水，往往将整个江山的灭亡，压于一个美貌女子单薄的肩上。殊不知，女子在世间除却谋生，便是谋爱，她们并不贪婪，亦不想要整座江山。当一国之君的爱来得太过凶猛，想要连江山都双手奉上，终日要与她们做伴时，她们也只是想俘获面前这个男人的心而已。

天子之爱，来时总是汹涌如海。陈宝叔沉浸在张丽华的绝色姿容里，无法自拔，不顾大臣反对，便在临光殿前面，用比黄金还要珍贵的沉香、檀木建起宛若仙境一般的"临春""结绮""望仙"三阁。据《陈书·列传·后主沈皇后》中记载，三阁皆高数十丈，袤延数十间，窗牖墙壁栏槛，皆以檀木为材，饰以金玉珠翠。陈叔宝自居临春阁，宠妃张丽华居结绮阁，龚贵嫔和孔贵嫔则居望仙阁，且三阁凌空衔接，陈叔宝往来其间，左右逢源，一头栽进温柔乡中，恨不得于其中昏睡百年。

醉眼迷离间，陈叔宝写下了那首著名的亡国之音——《玉树后庭花》：

> 丽宇芳林对高阁，新装艳质本倾城。
>
> 映户凝娇乍不进，出帷含态笑相迎。
>
> 妖姬脸似花含露，玉树流光照后庭。
>
> 花开花落不长久，落红满地归寂中。

陈叔宝《玉树后庭花》

陈后主时常召集宾客与贵妃在一起饮酒、游乐，席间命有才学且貌美的宫女与狎客作诗，而后选取最为艳丽的诗作，配上曲调，命宫女学唱。《南史》云："陈后主每行宾客，对张贵妃等游宴，使诸贵人及女学士与狎客，共赋新诗相赠答，采其尤丽者为曲调，其曲有《玉树后庭花》。"

《玉树后庭花》是典型的宫体诗，陈后主在后庭摆宴之时，定要叫上诸多舞文弄墨的臣子，与贵妃及宫女调情。而后让文人作诗与曲，让宫人们一遍遍演唱。有大臣上书劝谏，不仅得不到重视，反遭训斥。久而久之，渐渐无人再敢言，朝政日渐荒废。

因陈宝叔对张丽华宠爱至极，江东小朝廷一时间竟出现了"不知有陈叔宝，但知有张丽华"的情景。张丽华如此成就，显然非一般后宫女子所能企及，而像她这样自始至终都受到皇帝的宠爱，更是凤毛麟角。绝大多数的佳丽，在步入深宫的那一刻开始，便注定了其悲惨的人生：要么如王昭君般长久地被人遗忘于深宫之中，要么如班婕妤般忍受被冷落的幽凄。苦闷化为一条嗜血的小虫，深入她们每个人的骨髓，成为她们人生唯一的注解。历朝历代总少不了后宫女子这个特殊的群体。

这些女子或是民间进献的美人，或是豪门贵族之女。她们当中有些人抱着食饱衣暖、供养家庭的意愿入宫成为侍女，而另一些人则抱着万人之上，艳盖四房的圣上荣宠入宫。无论出于何种目的，自她们踏入规则重重的宫门时起，便走进了另一个世界。

秦始皇的阿房宫中，美女如云，六国的佳丽皆汇聚于此，她们每日费心地装扮，只为一睹龙颜并得其宠幸，然而，很多时候她们只能听到辘辘的车轮声渐行渐远，甚至有些美人终其一生都未曾见过皇帝的身影。

汉武帝的长门宫中，那个曾经深得帝王宠爱，并专门"作金屋贮之"的陈阿娇，在享受了一段富贵与恩宠并具的生活之后，终究被打入了冷宫，不得不在幽冷凄清的长门宫中度过余生，哀怨嗟伤之情在所难免，一如柳恽笔下的《长门怨》：

> 玉壶夜愔愔，应门重且深。
>
> 秋风动桂树，流月摇轻阴。
>
> 绮檐清露滴，网户思虫吟。
>
> 叹息下兰阁，含愁奏雅琴。
>
> 何由鸣晓佩，复得抱宵衾。
>
> 无复金屋念，岂照长门心。

柳恽《长门怨》

曾经被金屋藏娇的陈阿娇被遗弃的故事，世人皆知，也曾被人无数次地提及。柳恽也借这个通俗的题材，写出了深宫之中女子的悲哀。皇宫内院，门户深重，夜深人静之时，只有宫中的漏壶发出滴滴的水声。秋风送爽，桂枝摇曳，清冷的月光透过枝叶，斑斑点点地洒落在地上。绮丽的华檐之上清露滴滴，秀美的窗楹之外秋虫长吟。秋夜沉寂的长门宫中，处处凄凉处处愁。难以入眠的阿娇，愁闷不得消减，唯有奏琴以自慰。手扶琴弦，心神早已飞驰，不知何时才能重得天子宠爱。转念一想，金屋专宠已是旧梦，以如今被废黜之身又怎么可能得到君王的关心。身为皇后的陈阿娇尚且如此，何况那些无名无姓的妃嫔，她们只能默默地吞下被遗弃的苦果，反复咀嚼满腔的哀愁。

> 夕殿下珠帘，流萤飞复息。
>
> 长夜缝罗衣，思君此何极。

谢朓《玉阶怨》

　　帝王的爱有多深，女子就有多欢喜亦有多惶惑。君王无所不能，有多宠爱她，就会以同样的方式或者加倍的方式，宠爱另一位女子。得宠，是种幸运；得宠，亦是不幸。

　　暮色将近，也便是一天中最令人惆怅的时候。"夕殿下珠帘，流萤飞复息"，殿门的珠帘已悄然放下，满怀期望的后宫佳丽又无缘得到君王的恩宠，今夜又是一个不寐之夜。点点闪烁的萤火在串串晶莹的珠帘外漂流，华丽的殿宇更显凄清。纵然物美又如何，心中始终空空如也。

　　夜有多长，思念也就有多长。女子心下思量，如何打发这寂寂长夜，无奈之中便又拿出昨夜未缝好的衣裳，借着这微弱的灯光，穿针引线，将昔日的妖娆、心酸的希望、连同对年华的期许和痴痴的幻想，一针一线都缝进这罗衣中。即便如此，她对君王的思念却如深邃的夜般永无止境，真可谓是"长夜缝罗衣，思君此何极"。

　　这一夜，注定失眠。而对所有身居后宫的女子而言，每个心怀希冀的夜，都是失眠之夜。她们或者期待得见君王一面，又或者在色衰爱弛之后，期盼君王的回心转意。无数个长夜，她们都做着同一个思君的幻梦，结果却只能在痛苦无望的期待中度过一生。无论是专宠于陈叔宝的张丽华、金屋藏娇后被打入长门宫的陈阿娇，还是众多无名无姓的宫廷女子，她们是一朵朵艳丽的鲜花，所能做的就只有尽情地绽放，此后便是无尽地等待，等待君王的采摘，等待生命的奇迹。但在宫廷之中，奇迹出现的概率，就像从胭脂井中出来的张丽华能在隋军的刀下免于一死般渺茫。愁苦的等待，自然就成了她们无法变更的宿命。

卷五　出尘入世任逍遥

赋到沧桑句便工，乱世江山，满目疮痍，却使文人们有了描摹人生的深刻命题。一场"八王之乱"，再来"永嘉之乱"，北方士族的无奈南迁，饱经颠沛流离，半点欢喜半点愁，铺尽来时辗转路。

身似出尘，心仍恋世

《晋书·郭璞传》记载过一段奇闻：郭璞南渡途经庐江时，爱上了庐江太守胡孟康家的婢女。因难以启齿索要，郭璞便暗地作法，夜里在胡宅周围撒上赤小豆。第二天早晨，胡孟康发现数千红衣人包围了他的宅子，不禁吓了一跳，连忙走近仔细一看，却发现红衣人突然消失。接连几天都是这样，胡孟康觉得心惊肉跳，连忙把此事说与郭璞，问他如何是好。

郭璞一听，正中下怀，对胡孟康说："这是你家的美婢招来的，不如将她送到东南二十里外卖了。卖时不要还价，如此你家中的妖孽便可除掉。"胡孟康依言照做，而郭璞早就叫仆人去东南二十里接应，以低廉的价格把婢女买了下来，回家享受艳福。这样的逸闻之中，郭璞似乎有为达目的不择手段之嫌，然而亦可看出他超然物外，不以俗世束缚自己的一面。关于郭璞的神鬼传言，在民间有很多玄奇的说法，这个生于两晋交替时的人物，不但文学、训诂学为当世一绝，更重要的是，他还是道学、术数大师，每日徜徉于玄学幻海当中，状似入世，飘忽出尘。

西晋末年，北方一带的门阀家族和士人群体全作鸟兽散，纷纷逃往南方躲避，郭璞也是避难大军里的一员。虽然处于离患状态，可他的乐趣仍保留在出游上，走遍万水千山，看尽人间冷暖。大概就是在四处游历时，偶然间为自己种下了诸多民间传说的果。或许只有那些消失在墨香之中的贤者仙人，才能安慰他忐忑不安跃动的心。他在品游山水的同时，亦寻访解脱之道。

　　一次他来到道家的圣地青溪山，此地隐士辈出，郭璞不由自主地便想到曾隐居在这里的鬼谷子、许由和灵妃三人，或许睹物思人，他竟然也了悟仙道，然而怅然若失不得其法。

　　青溪千余仞，中有一道士。云生梁栋间，风出窗户里。借问此何谁，云是鬼谷子。翘迹企颍阳，临河思洗耳。阊阖西南来，潜波涣鳞起。灵妃顾我笑，粲然启玉齿。蹇修时不存，要之将谁使。

郭璞《游仙诗》十九首（其二）

　　壁立千仞的青溪山，云雾幽游，隐约可见楼阁梁栋。走入楼阁之间，山风穿窗呼啸而过，郭璞询问了路人，知晓此处便是鬼谷子的居所。他举目眺望，看到远处是颍水之滨，那里曾留下了唐尧时期的隐士许由的足迹。尧帝曾经要将自己的帝位禅让给许由，后者拒不接受，甚至以颍水洗耳，表示再不愿听到关于功名的"垢事"。郭璞很向往鬼谷子的神秘和许由的洒脱，但他知道自己仅仅能羡慕而已，依然要身不由己地在仕途上踟蹰不前。

　　不久，他来到青溪泉口，看着汩汩的清泉荡起鱼鳞微波，仿佛看到洛神灵妃踏水而来，明眸皓齿，顾盼生辉。又一转眼，仙子已经不知去向，失落涌上心头，原来一切都是自己的想象而已。他情愿像鬼谷子与许由那般隐遁修仙，可是，"蹇修时不存，要之将谁使？"于此处，郭璞道明了无法逃脱尘俗之由：他不知道该去哪里寻找修仙和隐遁的路。对于大多数经历两晋更替时代的人而言，厌弃仕途和富贵生活，真诚地去寻求隐居避世实乃情有可原。历经安史之乱的盛唐诗人李白也有同样的落寞，他在梦中与仙同游，山水间听闻仙子乐音，却依旧牵挂着庙堂，心系着天下黎民。驾风而行，一去千里之外，逍遥上下九重天，种种能够上天入地的境界，皆是他们非常渴望的。可尘世中人总离不了凡尘种种，放不下荣华利禄。

　　郭璞非常喜好老庄，期望自己可以达到逍遥游的境界，可是他对仕途仍存在眷恋，并且有济世的宏图。所以，完全脱离社会并非他的真实愿望，即便他想得再潇洒，仍必须活得现实。似乎文人总是夹在仕途之道和仙游之路的罅隙中，视功名为正途，然而仍有少许人深深地沉迷于道学和玄仙之说里，不遗余力地挥洒着自己的青春，孙绰、支遁等道学、玄学研究者莫不如是。老庄的道学在两晋时期甚是流行，是文人们思想的救命稻草。权力的相互压轧，使得政局极不稳定，文人无法从儒家学说中寻得柳暗花明的道路，便转而求助老庄，希望能在这混沌黑暗的时代中得到解脱。故而，许多贤能的学者都以道的飘逸为傲，创作以道学思想为核心的诗文。

郭璞是游仙诗的领军人，而在玄言诗方面，孙绰不经意成了佼佼者。玄言诗比游仙诗更加玄乎其神，莫测高深，有些"家在此山中，云深不知处"的奇妙感。这种奇妙的境界似乎与佛偈相似，如同雾里看花，水中望月，每个人都有自己的感悟。在东晋初期，以文采扬名的孙绰本是佛教徒，但对道家的思想甚感兴趣，欲罢不能。时代流行玄言诗，他便刻意写下众多如同偈语与经书般的诗歌，不明所以，可说是他人生中的"败笔"。然而当他在秋风萧瑟的寒景里消磨时光时，真情终于流露出来，霎时间，他那些不知所云的玄言诗尽显光华。这首《秋日诗》正是孙绰最精彩的玄言诗之一。

萧瑟仲秋月，飂戾风云高。山居感时变，远客兴长谣。疏林积凉风，虚岫结凝霄。湛露洒庭林，密叶辞荣条。抚叶悲先落，攀松羡后凋。垂纶在林野，交情远市朝。澹然古怀心，濠上岂伊遥。

孙绰《秋日诗》

仲秋，天气转凉，凉风萧瑟，天朗云高，百物凋残。倘若身在山中，四时的变化定然会察知一二，或者习以为常。然而住在山外远观山色的人，难免会在秋风乍起之时，生发感慨，牵惹思念，放声长歌，以解心中的思潮。孙绰伫立在这般肃杀的深秋中，任思念随风纠缠，任淡然而生的愁绪蔓延。

孙绰行走在山中小路上，稀疏的林间是穿行而过的冷风，山头凝聚的是一片片浓云；林中满是露水，繁密的树叶纷纷凋零，化作泥土。不管是在山里还是山外，景象虽然迥然不同，但凋零都是必然的结果。手抚干枯的菌草，孙绰为它生命的短暂而悲伤，抬头再看眼前的苍松，对它不惧秋气寒冷而感到艳羡。秋天是个寂寥的时节，孙绰时常为它欢喜为它忧愁，可他依然爱在此时出游，因为可以远离繁闹的集市，远离始终存在不安定因素的官场，怀着淡淡的慕古之心，于濠上闲游。

孙绰以"濠上岂伊遥"的典故为自己的诗收尾。相传，庄子与惠施曾经到濠上（今安徽凤阳）游历，二人看到一条游鱼自在地在水中游动，于是讨论鱼是否快乐，最终得出了"子非鱼，安知鱼之乐"的结论。

在那寒蝉作响的秋日里，孙绰好似冷眼观秋，又似融入其中，一面悲伤，却也一面欢喜，这些情谊在诗中丝丝缕缕地透露出来。自古逢秋必伤秋，可他在冷秋中竟然还能得到愉悦，只能说子非孙绰，安知他不会为秋天而欢喜呢？孙绰悲秋，因为秋天万物凋谢；而他喜秋，是因为秋天可以帮他净化心中的污垢。在他看来秋天是生命的终结，枯黄的树叶，潦倒的枯草，一切寂灭，散发着死气，然而另一方面碧绿已久的苍松，又似乎让他怡然自得。秋风卷走落叶，也卷走他心中的烦愁。《秋日诗》虽仍充满皈依道途的含义，但因充盈着让人欢愉又让人忧伤的秋景，一瞬间便从高高在上的飘逸与朦胧落进了人间，变得切合现实。它不再如一般的玄言诗那般枯燥呆板，而是寄情于山水，显得端丽而空灵。此刻，孙绰几乎已经接近了阮籍"咏怀"的境界，可惜的是，他仍停留在奢求仙道的阶段，不肯像阮籍一样"醒来"。

偏安江左的东晋，清谈之风盛行，写游仙也好，写玄言也罢，逃避现实而寻求精神解脱的文人们为了彰显自己思想的特色，大肆挥霍着浓墨，绞尽脑汁地创作，与此同时也不断暴露自己的缺陷，在看似逍遥自得的精神情怀外，有着不能压抑的恋世情结。不过既然他们乐于玄道，我们非他们，安知他们不快乐呢？

闲适悠然，悲喜皆忘

一代枭雄曹操，骨气奇高的曹植，"文章经国之大业，不朽之盛事"的帝王曹丕，一门三父子撑起了建安风骨。在魏晋年间，令人难忘传唱的岂止这一家，东晋与前秦的淝水一役，捧红了谢氏一门，令谢氏在晋王朝的土壤里埋入了更深的根，谢安也在谈笑间为自己画上了最完美的一笔。

运筹帷幄之中，决胜千里之外。这是谢安给天下人最难以忘怀的背影。在战事吃紧的一刻，他仍能于山间别墅与友人下棋饮茶，谈笑自如。这让人想起城楼之上，燃香净手淡然弹琴的诸葛亮，更让人想起刮骨疗伤安之若素的关羽。一个人偶尔一次淡定不足为奇，而谢安的一生都在淡定中度过，举手投足间皆是一派闲适悠然，永远那样不温不火。

政权更替时，文人名士们自追随司马氏避往江左，仓乱逃亡，经历了不短的动荡漂泊日子后，终于渐渐安定下来。年轻一辈的才子借此机会纷纷现世，渐渐形成了几股仁人志士凝成的团体，其中绍兴文人是名士辈出的风雅一组，诸如孙绰、王羲之、支遁都在其列，青年谢安也是其核心成员。在这些密友的眼中，那时年纪轻轻的谢安已经是个潇洒镇定到可怕的人。

> 相与欣佳节，率尔同褰裳。
>
> 薄云罗阳景，微风翼轻航。
>
> 醇醪陶丹府，兀若游羲唐。
>
> 万殊混一理，安复觉彭殇。
>
> 谢安《兰亭诗》二首（其二）

文人集团里年轻气盛的孙绰和王羲之等人皆喜好组织众人到处游玩，他们经常聚在一起饮酒赋诗取乐，会稽山的兰亭就是一处最常去的地方，在此处他们曾留下诸多传世诗文。谢安留传下来的诗仅有数首，在兰亭所创作的《兰亭诗》就有两首，上面这首便是其中之一。

似乎小小年纪的谢安已经拥有博大的胸怀，修炼出一颗不以物喜不以己悲的心。诗中自是不难看出谢安的心情欢畅至极，他仰望薄云美景，感受清风徐来，唇齿间留有酒香，思绪飘飘若仙。此时此刻，天下万物虽有不同，但都遵循着自然之理，故而早亡之人与长寿的彭祖之间有何区别呢？生死，在谢安心中并无明显的区别。世人因知晓它的规律而惧怕，可当把生死本身全然忘却之时，人们所剩的自然是淡然自处与目空一切。诗中的谢安已然完全忽略了生死的含义，抱持着该想法的他自然是受到玄学洗礼的超然者，故而他胆大至极，并非没有缘由。因为他早已领悟了老子所说的万物与一物的关系，自然不惧怕生与死的苦痛。身处尘世之中，谁人不眷恋红尘，而年纪尚轻的谢安，却早已在旁人沉溺酒乐之时，参悟了别人悟不出的玄机。

也许在别人看来，谢安的《兰亭诗》中所言实有夸大之嫌，一逞口舌之快，孙绰却早习以为常，并且深信谢安就是这样一个狂妄的人。一次，他约谢安去海上泛舟，不料突然起了风浪，一时间波涛汹涌，船被巨浪卷得抛向空中。同伴们皆大惊失色，欲要马上返回，只有谢安站在原地手扶栏杆，吟啸诗文，若无其事，好似游兴正浓，以至于忘乎所以。

船夫见他相貌安闲，神色愉悦，便继续向远方划去。但风浪越来越猛烈，舟舸在海浪里颠簸不止，处境愈来愈危险。众人惊恐大叫，纷纷起身走动，被打扰了雅兴的谢安眉头一皱，淡然而言："如此，将无归？"孙绰等人听闻此语，只得安静下来，提心吊胆地坐下来稳住船身，船夫终于将船划回了岸边。

与泛舟时存亡在即的情况相比，淝水一战安居京城的谢安能从容应对显得再正常不过。但是黄仁宇先生曾趣说谢安也并非完全"没情绪"的一个人。前秦苻坚淝水大败后，东晋大胜的捷报送到谢安手中，谢安看完之后面不改色地继续下棋。等下完棋之后拿着文书走进内室，才发现脚上的木屐被他踩断了。原来他太过兴奋，迈过门槛时不小心绊断了鞋底，当时并没在意，进屋之后方才意识到。如此乐得忘乎所以的谢安非但不让人觉得他有丝毫失态，反而更近人情。在他永远保持平静的脸上突然蒙上喜色，是那样天真可爱。受老庄影响深刻的魏晋士人，大多因郁郁不得志而寻求问道一途。谢安则恰恰相反，完全将自己放逐在官场里，来去如鲲鹏，自由高飞。宫廷官场中的血雨腥风不是凡人能设想出来的，除了钩心斗角，诽谤、阴谋、陷害、暗杀、毒杀，防不胜防。谢安时刻都在面对这些，却总是哂然一笑，完全是一副高枕无忧的模样。

东晋开国功臣王导去世后，琅琊王氏势力转弱，桓温专擅朝政，当时谢安刚刚出仕不久。桓温一心要篡权夺位，迫使简文帝让位于他。简文帝在谢安和抚军王坦之力劝下改写遗诏，立司马曜为皇太子。拥兵于姑孰（今安徽当涂）的桓温闻讯，盛怒之下带兵回师，欲问罪谢、王二人。谢安本是桓温的老部下，桓温对他相当器重，不曾想自己曾经最信任的人却要阻碍自己的帝王之路。听闻桓军东进，王坦之早已经腿软，谢安却面不改色，安闲静定，示意他稍安毋躁。

桓温入京都宫殿时，文武百官于官道两侧纷纷跪拜，谢安却突然走到大殿的台阶前坐下，拦住桓温的去路。先若无其事地作起《洛生咏》，该咏是当时在洛阳流行的咏叹歌谣。过了半晌，他才对桓温说："听说过去厉害的诸侯都把守卫的将士放到边境抵御贼寇，明公您进宫会见朝臣时，怎么还把守卫兵马布置在城墙外呢？"此言明目张胆地批评桓温有夺位的举动，桓温的气势瞬间便被削弱。桓温干笑一声，撤走侍卫。此后，桓温接连几日设宴摆酒，招待谢安，与其叙旧。

桓温自然不会这么轻易被谢安打败，他几次暗示朝廷授他"九锡"之位。"九锡"即是最接近皇位的一个爵位，桓温想当皇帝的心意路人皆知。况且当时他正患重病，欲要品尝坐拥天下的滋味，时日稍晚唯恐来不及。朝廷众臣碍于桓温的势力，无法推脱，只得拟好一份诏令，准备上奏天子。谢安看完之后大叫"写得不好"，拿过诏令，声称自己要修改措辞。他每天改来改去，直到桓温去世，也未能将此诏令呈给帝王。桓温去世后，谢安便坐上了宰相之位，他对桓氏家族非但没有打击，反而予以重用。他以无可比拟的宽广胸怀，聚拢了大批能人志士。即便如此，熟谙进退之理的谢安一直审慎地对待自己手中的权力，从不曾出现任何逾矩的举动。淝水之战后，达到顶峰的谢氏一门亦在谢安的嘱咐下不敢做出任何贪墨之事。然而即便聪明如谢安，晚年时也未能幸免于谗言。

　　他可以约束自己不去制造谗言，却怎样也躲不过别人的故意诽谤。一旦陷入旋涡之中，便只能依靠自我宽慰来抵御无谓的诽谤和非议。强大如谢安，也无法做到真正的洒脱。他如困兽一般，在暮年之时慌忙逃离京城，草草辞官归故里，躲避流言蜚语，舔舐旁人看不见的伤口，无奈又身染重病。再次回到京城养病时，车里的谢安突然想起了桓温——那个亦友亦敌的老朋友。一时间两人交好时的情景，如晨晓时的曙光一般，愈来愈清晰明亮。与之同时涌上心头的，还有那份被深深掩埋的愧疚，为了大义，他究竟是对老友有不当之处，甚至桓温的去世也离不开他的手笔。当年桓温归京问罪不成后，二人时常坐下叙旧。看到桓温两鬓斑白，谢安一时感慨，问道："明公身体无恙？"桓温摇头叹道，生活如同死水般，一切如故。当桓温问起谢安近况时，谢安只得如实说道，总是忆起两人的旧事。他们两位，一人征战在外，一人报效于内，彼此只得各自珍重，各安天命。

　　生命如逝水，不知不觉中便流淌至尽，谢安想到此前种种，不由得笑了。命运对他足够慷慨，人生至此，或许可以画上句号了。至于他这一生是潇洒多过悲伤，还是忧虑多过淡然，已不必去计较，毕竟回望生命历程时，他从未觉得遗憾。况且并不是每个人都能寿终正寝。

　　不久之后，谢公极为平静地辞世了。老天对于他终究比别人厚道，没有人比他更潇洒地于人世走一遭，能得到的全得到，但他的心并不去占有那些可以一手掌控的东西，这也是他一生永不被俗世羁绊的缘由。与那些不能退、不能进、又不能自我说服的人相比，世人方才知晓，原来一个人的心竟可以宽至如此境界，一个人可以站得如此之高。

俯仰一世，游目骋怀

　　永和九年，岁在癸丑，暮春之初，会于会稽山阴之兰亭，修禊事也。群贤毕至，少长咸集。此地有崇山峻岭，茂林修竹；又有清流激湍，映带左右，引以为流觞曲水，列坐其次。虽无丝竹管弦之盛，一觞一咏，亦足以畅叙幽情。

　　是日也，天朗气清，惠风和畅，仰观宇宙之大，俯察品类之盛，所以游目骋怀，足以极视听之娱，信可乐也。

　　夫人之相与，俯仰一世，或取诸怀抱，悟言一室之内；或因寄所托，放浪形骸之外。虽趣舍万殊，静躁不同，当其欣于所遇，暂得于己，快然自足，不知老之将至。及其所之既倦，情随事迁，感慨系之矣。向之所欣，俯仰之间，已为陈迹，犹不能不以之兴怀，况修短随化，终期于尽。古人云："死生亦大矣"，岂不痛哉！

　　每览昔人兴感之由，若合一契，未尝不临文嗟悼，不能喻之于怀。固知"一死生"为虚诞，"齐彭殇"为妄作，后之视今，亦犹今之视昔，悲夫！故列叙时人，录其所述，虽世殊事异，所以兴怀，其致一也。后之览者，亦将有感于斯文。

王羲之《兰亭集序》

　　如果《兰亭集》本身有生命的话，一定会深深地嫉妒，为什么王羲之为它所做的序竟在历史上留下比它更华丽的倩影。绝佳的文笔是这篇序享誉后世的原因之一，但更重要的是它出自王羲之手中的鼠须笔，龙飞凤舞、意兴翻腾的字迹，一气呵成的笔法，无不显现书法大家的风范。字如其人，是几千年来中国文人都赞同的一个理念，一撇一捺仿佛能看到一个人内在的精神。王羲之的笔法练到了"贵越群品，古今莫二"的程度。这篇《兰亭集序》在王羲之笔下极具雄逸流动的艺术美，论者称其笔势，以为飘若浮云，矫若惊龙亦不为过。据说唐太宗拿到这篇书法珍品时爱不释手，装裱之后即挂在床头，每日观赏，临死前还将这世上绝无仅有的王氏真迹带进了坟墓，至此《兰亭集序》的墨宝失传。

兰亭停驻了很多文人的回忆，王羲之的那一次最为深刻。所以他写下了上面这篇序记载当时聚会的情景。晋穆帝永和九年（353）三月三日的上巳节，时任会稽内史的王羲之与一干好友到会稽山的兰亭沐浴山岚，行修禊之礼，饮酒赋诗。一行四十余人，其中包括当时极负盛名的孙绰和谢安等人。有人建议将所做的三十七首诗，汇编成集，并推举王羲之作序，王羲之即兴挥毫，记录流觞曲水一事，抒写由此而引发的内心感慨，便有了这篇《兰亭集序》。

兰亭之地群山掩映、清流映带，颇有曲水的雅致景象，好似山水画一样，无色中更有意蕴，简单中更有旨趣，且带着几分空灵清雅之美。王羲之命跟随的仆人将他的鹅放到池塘里，一边逗弄着爱鹅，一边招呼众人落座。不知何人提议，让一人来到曲水上游，将精致的酒盏搁在荷叶上放入水中。带着酒盏的荷叶顺水而下，围着兰亭打转，在谁那里驻足，谁就要将酒杯拿起来赋诗一首，如若对不上来便要将杯中酒一饮而尽。如此一来，众人既能饮到美酒，又能赋文，趣味绝妙。

彼时天朗气清，风和日丽，群贤在崇山峻岭、茂林修竹的陪伴下，流觞赋诗。在这番良辰美景中，抒发幽雅之情怀，"游目骋怀"，即便耳边没有天籁之音，能够和在座诸人一起畅言无忌，举杯高歌，已是人生乐事一件。

王羲之拊掌微笑，感受着微醺的滋味，不禁在喧闹中生出了对生命意义的感叹。和宇宙天地相比，世人如同沧海一粟，空中微尘，渺小至极。然而，这般短暂的生命，亦有存在的意义。于世间走一遭，不负自己不负天命，即是最好的交代。

　　人与人交往、周旋，莫不是在这般境遇中肆意挥霍着生命。有的人喜欢清谈，有的人则寄情于山水之间。然而这一"静"一"躁"不管是哪一种，当遇到自己喜欢的事物时，都是短时间内感到"快然自足"，浑然不知"老之将至"；但当倦怠之时，因事物变化而心境发生变化时，感慨便会油然而生：以往令自己欢欣的事物已经不再具备鼓舞功效，退化为历史的陈迹，而自身这时才如同从梦境中蓦然醒来一般，发现生命已经快到尽头。

　　莫名的悲怆袭上王羲之心头，想到每次看前人的文章里大谈生死，总不免要唏嘘一番，弄不明白个中道理。此前他认为古人把生死混为一谈，把长寿和夭折等量，根本是荒谬的论断。正因人生有期，世事无常，故而古往今来文人雅士都在感叹、悲伤，如若生死真的一样，那又何必如此悲伤？后人看今人就如今人看古人一般，总会有一致的情怀，想必今人的诗作也会在后人心中引起共鸣吧。故而他将集会诗作辑录为《兰亭集》，使后人也能够了解当时人的情怀。沉浸在想象中的王羲之频频举杯，喝下这醉人的佳酿。在醺醺然不知今夕何夕时，竟高叫仆人笔墨伺候，挥毫在蚕茧纸上"唰唰"落笔，行云流水地为尚未成集的诗集奉上一篇佳序。众人看罢拍手叫好，尽兴而归。王羲之却在清醒后看着适才所写的《兰亭集序》哑然失笑：酒醉后的自己竟然如此悲观。他一直认为自己是无畏生死之人，坦荡而自信，却不过是被假象迷惑罢了。酒醉之后的那个王羲之或许才是真正的自己。

　　在玄学盛行的时代，王羲之也有自己的信仰，他对道教的天师宗情有独钟。但他从不认为生活即是将一切看淡，人世亦不该被遗忘。在《兰亭集序》里，他虽然心怀山水乐趣，表现出了对老庄的热爱，但他还是深深眷恋着红尘，否则也不会对"生"与"死"如此看重。《世说新语》里记载过王、谢二人一段有趣的对话。由于是大将军王导的宗亲，王羲之顺利做到右军将军的职位，兼任会稽内史；谢安也已被封为太傅，在朝堂上算是一武一文的同僚关系，平时私交甚好。一次，二人携手登冶城，谢安悠然远眺，凝神遐思，似有超脱尘世之逸趣。王羲之在一旁道："夏禹勤王，手足胼胝；文王旰食，日不暇给。今四郊多垒，宜人人自效。而虚谈废务，浮文妨要，恐非当今所宜。"言下之意即是讽刺谢安及好玄学之人不务实际。谢安听后，不禁哑然失笑："秦用商鞅，二世而亡，岂清言致患邪？"王羲之顿时无语。

王羲之和谢安都没有错，谢安也不是真正在反驳前者，从他一生的所作所为即能看出，他与王羲之想法颇为相同。造化虽然伟大，人在自然中也有他的地位；玄学和老庄可以成为士人的精神食粮，却不可以让它完全左右了人的生活和事业。生死、隐达是生活中无法被遗忘的东西，在《兰亭集序》里，王羲之把聚会的乐事、每个人的情态和思想的波动都记录在案，让它去引发人们的思考，不过他同时也把人生存在的意义传达给了后人。

采菊东篱，高情千载

在这凉薄的世间，如若有三两知己相伴，便不再有寂寞萧索之感。寂静悠然的午后，或是月光铺洒的深夜，提上一壶浊酒，便可穿过曲折的石子小路，到友人家消磨时光。酒气熏染间，便会找到臭味相投的乐趣。

陶渊明的好友颜延之经常会到他的小庐造访，左手提着一壶好酒，右手托着食盒，隔着篱门冲里面的陶氏棚屋高声呼唤，那情景又好笑，又动人。

陶渊明对他的到来自然喜不自胜，两人边饮酒边闲聊，叙旧畅谈，时而哈哈大笑，时而不胜唏嘘。颜延之感到酒意醺然时，陶渊明已靠在松树下一块青石上，双目迷离，酝酿好了一首诗。

> 故人赏我趣，挈壶相与至。
> 班荆坐松下，数斟已复醉。
> 父老杂乱言，觞酌失行次。
> 不觉知有我，安知物为贵。

悠悠迷所留，酒中有深味。

　　　　　　　　　陶渊明《饮酒》二十首（其十四）

　　颜延之的到访令陶渊明欣喜之余，越发感到田园生活的乐趣所在。昔日的官场纷纷攘攘，让他心烦意乱。飘逸如他，潇洒地从浑浊的尘世全身而退。辞官之初，纵然田园中的鸡鸣犬吠让他真切躺入了宁静自然的臂弯中，但他的心情并非毫无起伏，也有过不满和怨愤，但最终还是归于平静了。蒙祖上陶侃积德，令他陶氏一门得以在晋室占得一席之地，不过久经年月，沦为没落仕宦在所难免，更何况他陶氏又不是门阀家族。因为家庭衰微，他受外祖父孟嘉的照顾和教育，既喜儒家经典，对玄学和神仙道化也充满兴趣，结果变得与外祖父一样，"行不苟合，年无夸矜，未尝有喜愠之容。好酣酒，逾多不乱；至于忘怀得意，傍若无人"。（《晋故征西大将军长史孟府君传》）

　　每每思及外祖父的个性，陶渊明总是会心一笑，这位长者既是他的开蒙老师，亦引领他踏上与一心只读圣贤书截然不同的道路。如若没有他，自己也不会心怀四海，有大济苍生的愿望，更不会在志向被阻之后，坦言"少无适俗韵，性本爱丘山"。他爱显达亦爱隐逸，而这一切皆因长辈的教导与影响。历史之中经历了三代朝野更迭的人并不多见，东晋南北朝时期却出现了大批这样的人物，陶渊明也算其中之一。晋末安帝在位后期，陶渊明做官不久便因无法忍受门阀的压榨毅然辞官。桓玄取安帝而代之，建立桓楚政权前，陶渊明曾投靠过桓氏，但又因不能忍受桓氏的嚣张跋扈而再次辞官。待到刘裕杀桓玄建立宋室时，陶渊明好似见到曙光，遂投靠了他。哪曾知晓刘裕排除异己，这般过激行为又惹陶渊明不快。至此陶渊明彻底失望，再不愿出仕做官，便带着妻子到浔阳郊外彻底隐居起来。东篱采菊，南山种豆，门前植柳，如莲花般不染一丝尘埃。

　　　　　　结庐在人境，而无车马喧。

　　　　　　问君何能尔，心远地自偏。

　　　　　　采菊东篱下，悠然见南山。

山气日夕佳，飞鸟相与还。

此中有真意，欲辨已忘言。

陶渊明《饮酒》二十首（其五）

入仕为官是每个士大夫发愤图强的初衷，陶渊明亦是如此。他带着济世苍生的愿望踏入仕途，却为社会的现实所不容。刚直坦率的性情，不允许他为五斗米折腰，他唯有回到田园中，去过饮酒作诗、操琴采菊、植柳锄草的生活，守护心灵那片最初的清明与澄净。

在无所拘束的隐居之所中，近处是清幽的爱菊，远处是杳杳的南山，头顶滑过的是逍遥的飞鸟，心中存的是自在的归意。在山野里找到的乐趣，只能心领神会，无法用语言表述。当他的人生在矢志不移与随波逐流之间发生激烈碰撞时，他心中的天平自然而然便倾向了淡泊与自持。于是，他在喧嚣的世界中，卓然转身，退到安静却并不死寂的山间村落中。这首《饮酒》诗里的一字一句，归趣十足。不过这未尝不是一个人再三尝试后失败的无奈之举。

陶渊明从不否认他曾误入"迷途"，被混浊的官场所羁绊。幸然他及时转身，才不至于沉溺在泥潭而无法自拔。他的坦荡，恐怕让诸多文人都自愧不如。身心在远处，于自然中寻找生命的哲理，令陶渊明怡然自得。在此地，他安然处于自然的掌心中：闲静少言，不慕名利；自然也在他的双眼中幻出别样的神采：各随其分、各安其道。因宅边植有五棵柳树，便自称为"五柳先生"。不仅如此，他还将自己的名字改为"潜"，取意为隐。

古时文人墨客多爱饮酒，他亦不例外。即便家中贫穷，无多余钱财买酒，每逢亲友摆设酒宴时，他便醉心而往。在宴席之上，不以去留为意，定然要喝到酩酊大醉方肯罢休。不矫情，不做作，任性而旷达，颇见魏晋名士的真性情。

因并非以隐矫名、以谈炫荣的假隐士，亦不是寻求捷径的贪利之徒，他自有安贫乐道的心性。家徒四壁，他不曾为此苦恼；衣裳破旧，他不曾为之惆怅；饮食不继，他也不会因此悲伤。不期待也不失望，不追求也不悲伤，隐居于此，只觉身与心同步，安然而自在。只因他游目骋怀之际，早已参透了生命的真谛。极其简陋的生活非但没有令陶渊明形容枯槁，亦不曾令他忧郁成疾，反而完全一副得过且过、乐陶陶的模样。凡是来探望过他的友人，皆为叹服。颜延之曾为公事偶然来到浔阳，知晓陶渊明生活特别困窘，于是每日带着酒肉来看他，两人度过了一段非常愉快的时间。颜延之心知这位老朋友嗜好饮酒，在临走时留给陶渊明两万钱，让他喝酒吃饭，陶渊明自然开心不已，转头便将钱全都存到家门口的酒庄里。

　　然而，对于友人的接济，陶渊明也是有选择的。一些道不同不相为谋之人来劝他回归朝廷，还带来钱财和美食，他挥袖而走。高洁如他，怎会为五斗米折腰。清贫虽苦，人生却丰腴，醉得也舒泰；富贵虽甜，人生却孤陋，醒也混沌。生而赤贫，心境却高远，几乎是他的写照。试想如若他抛弃心中衡量是非的标尺，抛弃文人的尊严，投身于庙堂之中，生活必然丰盈而美满。但这于他而言，便失去了生命的意义。多半人认为陶渊明不为贫贱而凄怆，可晚年却到处乞食，亦是有损于尊严。然而他的乞食向来有选择性，这正是五柳先生个性最突出的地方。凡被他"乞讨"过的人，皆尊重他的选择，并且乐意帮助他。安于陋室，并非陶渊明不得已而为之的举动，他大可以求得一官半职，来养家糊口。但这必然会与他的心意相违背。于是他循着内心的线索，遵从高洁性灵的指示，"不戚戚于贫贱，不汲汲于富贵"，索性在芳草鲜美的田园中一醉方休。纵然他知晓醉酒有害身体，却能增加生活的乐趣，即便为了满足酒瘾愈来愈落魄也无妨。此时的五柳先生一派天真，煞是可爱，也着实令人为他的随性而着迷。

　　这样纯真自然、清醒又迷糊的陶渊明，深受季羡林先生的喜爱。季羡林还把陶渊明《形影神赠答诗》里的四句作为晚年的座右铭："纵浪大化中，不喜亦不惧。应尽便须尽，无复独多虑。"在变化万千的大千宇宙当中，任世界发生了何种变化，心从无喜怒和惊惧。该做的事情都已经做了，无须为将来考虑太多。

陶公的一生都在遵循着这一信念。他可以为国家社稷泣血修心，亦可以毫无眷恋地与山水融为一体，两种滋味都经年累月地尝过，人生已经没有任何遗憾，即便此时死去也不觉遗憾，唯求逐清风归去，偶闻几缕酒香，与大自然继续同在。此种平淡，如山泉沁酒，令后世甘之如饴。

凡心洗尽，拈花微笑

人总会有迷茫的时候，如同困坐于黑夜，不知时光的流转，年华消逝。不如意之时，看见朝霞也觉得惨淡，啜饮甘露也觉得苦涩。蓦然回首，细数往日的种种不如意，无法尽言委屈，于是扪心自问：倘若人的灵魂似莲花般纤尘不染，是否就不会有悲怒无奈；如能像莲花般无欲无求，是否就不会有爱恨情仇。佛从不会有这种困惑。

历史中有许多文采斐然的僧人，总是能用如佛偈一样睿智简短的言语诉说世间真理，或是歌咏云游之时所见的名山大川，或是与好友联句时迸发出至理妙言。然而这些坠入俗世，沾惹尘埃的佛心一旦生起执着，就失去了那份剔透玲珑。

东晋的庐山是佛教的圣地，因慧远大师而闻名。慧远是极好云游之人，本持着纤尘不染的一颗佛心到处游历，时而普度旁人，时而观望微笑。一日来到庐山脚下，远望山间袅袅紫烟，如同神仙之庐，心中一动，拈花微笑，于是在此定居，弘法布道。晋江州刺史桓伊偶然听到了慧远的禅唱和佛喻，甚为欢喜，为他兴修了一座寺庙，起名为东林。从此慧远再没有离开，每日对着庐山光景，心旷神怡。

慧远对庐山有了眷恋，许是缘于此处的紫气。他认为此处与神仙界应该有千丝万缕的联系，否则不会出现神圣的奇景。佛祖或许无欲，作为修炼的人却不可避免地要对修炼境界有所追求，慧远的凡心便遗落在了庐山之中。

崇岩吐清气，幽岫栖神迹。希声奏群籁，响出山溜滴。有客独冥游，径然忘所适。挥手抚云门，灵关安足辟。流心叩玄扃，感至理弗隔。孰是腾九霄，不奋冲天翮。妙同趣自均，一悟超三益。

慧远《庐山东林杂诗》

诗中首句所提及的庐山"岩吐紫气"的情景，后世的李白等人都见过。"日照香炉生紫烟"，因香炉峰下有瀑布，水汽蒸腾，混入云气，在日光的浸透下，远远望去，高峰上盘旋缭绕的便是呈紫色的云烟，如同仙人的衣带，引人遐思。慧远深入山中，独行于小径，密林探幽，神思意远，脱离尘嚣，寻找自然同宇宙的玄机。哪里才是九霄云外呢？偶触云门闸开，高山流水，看遗落凡尘的仙山，灵关顿开，神智翻腾而上，冲天幽游，翱翔宇内，心灵自足，终于明白道存何处。

道究竟在哪里，只可意会不可言传。凡心遗落不要紧，最关键的是获得精神境界的提高。一代高僧慧远触景而作诗，其中的玄之又玄猜测不得。但他对庐山的贡献着实大，因他曾在此处布道，使庐山名扬天下，成为佛教教徒集结的一个枢纽。不过究竟是庐山的盛景沾惹了仙气，引得人悟道参透，还是佛法精深的高僧以玄妙之言歌咏盛景，后人不得而知。只知晓沾染凡尘已久的慧远，或许已然遁入红尘。

佛教自汉朝进入中土以来，久历变迁，几起几落，两晋南北朝是其发展期，时代动荡使其并不太受人重视。晋亡后，宋文帝颇喜佛教，一些儒生受这种风气影响，对佛法也开始感兴趣，并且进行了深入的研究。故而慧远到庐山定居，能得到桓伊的帮助并不稀奇。此时僧人在民间亦很受尊敬，对佛家生动活泼的比喻也甚为喜爱。儒生在探求佛教的真理时，其实出家人也在回探。宋文帝时期的慧琳和尚既精通佛法，又善儒、道学说，他试图从佛法和儒学之中寻求共同点和可融合之处，甚至出言讥讽了佛家因果轮回的"来生说"，深得帝王之心。他的这般举动，却遭到诸多信奉佛教的儒生诛骂。慧琳和尚曾经的好友颜延之便对其极为反对。

　　颜延之虽是儒生但深信佛法，与慧琳同在庐陵王门下，交情笃深。元嘉十二年（435），颜延之与自然科学家何承天两人在形神生死的问题上意见相左。何承天认为"有生必有死，形毙神散，犹春荣秋落"，即是说生死是自然循环。但颜延之认为有轮回和来生，这显然受佛教思想的影响极深。后来相继有儒学者站到了颜延之这边，与何承天争论不休，此事闹得沸沸扬扬，甚至惊动了宋文帝。

　　颜延之本以为慧琳会前来援助，不承想慧琳却反其道而行，竟然对"来生说"表示不屑，认为此种说法太过缥缈，且故意写了一篇文章《白黑论》，白指儒、道二教，黑指佛教。文章里的白学先生和黑学先生互相辩论，骂得趣味横生。很多僧徒看罢，皆讽刺慧琳违背自己的宗教信仰，颜延之也怒斥慧琳，与之反目成仇。然而看完文章的文帝哈哈大笑，对慧琳竖起了大拇指。南朝宋室力捧佛教，并非让人们多一个信仰，无非是利于其统治罢了，宋文帝在众人争论初期就已经言明，却不曾料想，众人争论得愈来愈热烈，儒生出世，僧人入世，两厢调了位置，真是有趣得紧。

　　慧琳之所以这么做难道是为了引起皇帝注意，故而才对自己的信仰有了非议吗？恐怕不见得。既然颜延之可以窥探佛法的奥义，并且对其深信不疑，甚至与唯物主义大相径庭，慧琳也同样可以学习儒、道的学说，对自己的人生观和世界观进行探讨和考证，对自己认定的事情进行反驳或肯定。此刻的颜延之站在他面前反倒变得无理取闹，与儒学的一些观点相悖谬，而慧琳在众家学说的领悟上则更深一层。

　　佛法道存何处，在每个修行者的心中都不一样，不管是慧远那种在山间安住，还是惠琳这种在世俗里探讨，所得都不尽相同。可是，修行者的凡心如果遗落到山林间，或可偶得宇宙的玄机，但若落在人世，招来的往往是是非。还是佛祖说得好，一切都是"罪过，罪过"。

卷六　情由景生黯销魂

才子佳人将生活坎坷的不甘与鸿鹄之志附丽于山水间，用一首首诗歌将掩埋于内心的深情化作景语，又在动人的景色描绘中呈现出刻骨的情感，直教人黯然销魂。

写山画水，以景忘忧

"天下才有一石，建安诗人曹植独占八斗，我得一斗，余下一斗由天下其他的人共分。"大体能说出这样话来的男子，必是有天纵之才和足够的骄傲吧。

他是谢灵运，来自远古的书生，经历在刘宋王朝被一贬再贬时，他仍旧自视甚高，若换作他人，想必早磨了少壮心智，独自饮殇，而他依然敢狂言自己的力量与气势。

成为山水诗的鼻祖，是他不经意间的偶得之名。最初的纵情山水对他来说实在是无奈之举，在云淡风轻的山林间或可找到些许安慰。

如同每一个画家都想要留下一幅惊世之作，每一个官员都想要留名青史，谢灵运出身于钟鸣鼎食之家，是魏晋时洒脱异常的谢安后人。其祖父谢玄深受叔父谢安的赏识，家学深厚。因谢安平前秦有功，在谢安去世后，谢家受到朝廷极大的表彰，谢玄理所当然成了最大的受益者，被封为康乐公。谢玄有两子，谢灵运是其长子谢瑍最小的儿子，本名公义，"灵运"则是其成年之后的字。出身名贵家族的谢灵运，自小被祖父谢玄捧在掌心呵护。谢灵运生得灵秀俊美，聪敏好学，谢玄爱若珍宝，时常感叹自己虽然生了谢瑍这个鲁钝的儿子，但他给自己生了如此聪慧的孙子。灵运在众星拱月下度过幼年，四岁时谢玄去世，他被送到钱塘杜明法师处修养品性，深受法师博大智慧的感染，对其一生的品行和诗文的修为都有决定性的影响。

不久，年仅八岁的灵运继承了康乐公的爵位，生活非但因此变得美好，不幸的年轮反而从世袭爵位一刻开始运转起来。

世间的事情，总是公平至极，得到之物必要以失去之物来换取。你拥有了绝色姿容，便要以短暂的生命作为代偿；你拥有了至高无上的权力，便要交还世间最琐碎也最细腻的幸福。谢灵运有着太过顺遂的童年，便以坎坷的余生作为代价。他自诩才高八斗，在晋廷几乎可以说是呼风唤雨，文坛上亦倾倒众生，然而南朝宋武帝刘裕取晋而代之后，立刻将谢灵运的爵位削去，降级为散骑常侍。

谢家曾是晋王朝数十年安定的支柱，对刘裕而言却是不可信的毒瘤。无法完全拔出，只能使其渐渐萎缩。谢灵运在毫无准备之下一再被降级，最后沦落为永嘉太守。家室的衰落令年幼富足、年少轻狂的谢灵运看破人情冷暖，看透世态炎凉。到永嘉经历了失势的阵痛之后，谢灵运终于归于绝望，自此不理政务，完全寄情于山水之间。他留下的那些旷达的诗文中，丰厚的文字透着时间的尘埃，轻灵地诉说着厚重的历史，仿佛雨中的精灵，虽然摸不到，却可以邀着看客，一起舞动灵魂。

在谢灵运的山水诗歌中，人们总是能从景物中看透一些原本看不透的事物和情感，也许，这位先人的诗文中，就是这样融会了许多如梦方醒的秘方。令原本在天涯的人，读过之后，就回到咫尺。

朝旦发阳崖，景落憩阴峰。舍舟眺迥渚，停策倚茂松。侧径既窈窕，环洲亦玲珑。俛视乔木杪，仰聆大壑灇。石横水分流，林密蹊绝踪。解作竟何感，升长皆丰容。初篁苞绿箨，新蒲含紫茸。海鸥戏春岸，天鸡弄和风。抚化心无厌，览物眷弥重。不惜去人远，但恨莫与同。孤游非情叹，赏废理谁通？

谢灵运《于南山往北山经湖中瞻眺》

谢灵运的山水诗，本是一幅风景优美的画卷，但细细读来，却又觉得自己仿佛置身于他所描绘的景致中。这位诗人周详的路线与游览地点，在题目中体现得很明显。也正是因为如此，读谢灵运的诗，便能读出更加真实的感受。

"朝旦发阳崖，景落憩阴峰。"没有华丽的辞藻，只是娓娓道来，不经意间便将所游山水的地点和地貌描摹出来。每一处笔墨，皆是言之有物，不扭捏亦不造作，"朝旦"即看出他从清晨便出发，"阴峰"则点明他在日暮之时已然抵达北山。在将行程中的一切详细交代之后，诗文开始描摹所遇自然风景，随着笔走神游，看客会随着诗句一起畅游在那片神奇的风貌中。

依山的小路蜿蜒曲折，眺望远方可以看到湖水清澈，在遥远之处与天相连，给人水天一色的空灵之感。而后居高临下地望去，便是那些枝叶繁茂的树木，葱葱郁郁，醉人心神。隐约还可以听到潺潺的流水声，动听悦耳。

谢灵运本是晋宋豪门士族子弟，他的一生应当是命定的平坦与顺畅，然而天难遂人愿，谢灵运的仕途并未如顺风顺水的船，而是遇到了险滩，渐渐被搁浅。也正是因为这一点，他反而有更多的时间寄情于山水间。本意许是欲要以山水之乐抚平内心之伤，却不曾料到，自己竟然能一改魏晋以来的玄学诗风，开辟出清新自然的山水诗歌一派，由此成为鼻祖。这也算是塞翁失马，焉知非福吧。

冥冥中自有定数，这个本可以当富贵散人，位列公侯的名门之后，最终醉心山水，以景忘忧，开辟出文坛的另一番天地。谢灵运观看美景时的心情是愉悦的，这份快乐不需要过分强调，亦不需要直抒胸臆，而是融入了单纯而简短的景物描摹之中。只是，独自一人观景的快慰，敌不过无人共赏的落寞。

"不惜去人远，但恨莫与同。孤游非情叹，赏废理谁通？"整首诗歌最后以忧伤而无奈的笔调结束，这样美好的景物竟然没有知音共同欣赏，实在是可惜，不过倘若不是自己前来游历，那么，山水之间的真谛也便无人能知晓了。山水能洗净人的心灵，哪怕他一生有过再多的罪孽和失意，在青山秀水之间，渐渐地便会沉静和安宁下来，令人无喜无悲，无忧无乐。世态炎凉也许让他看淡名利、看清富贵，山水之美或许令他放下戾气、涤尽怨尤，但这些不会磨平那份傲骨，他的才情经过这样的磨难变得更加醒目。心态安然的他，更能读懂静寂之美。

在自然之间，心境会很安然，不被任何事物所打扰，由此可以猜想出，为何谢灵运等一些魏晋时期的文人，会如此热衷于写山画水。因为他们知晓唯有经历过仓皇的岁月，方能领悟沧海桑田太难，与其痛楚地囚禁心灵，倒不如潇洒地放逐海角天涯。

见雪惟雪，即物即真

幸福是天上的星，兀自闪烁着清冷的光，不在意别人是否会发现它。幸福是一颗亟待萌芽的种子，稍不注意便可长成参天大树。每个人对幸福有自己的理解，对于一些人而言，幸福就是自在潇洒地活着。

清晨登池上楼，谢灵运依稀记得昨夜梦中的情形：族弟谢惠连似乎来探望他，二人携襟于庭院中小憩，惠连指着绿色的荷塘道："你看，这就叫作池塘生春草吧。"偶然听到族弟脱口而出的佳句，谢灵运惊喜莫名，从梦中惊醒过来，思绪万千，于是便来池上楼寻觅灵感，他的那句享誉千年的妙语"池塘生春草，园柳变鸣禽"油然而生。

在《谢氏家录》里有载："康乐每对惠连，辄得佳语。"康乐即是世袭康乐公爵位的谢灵运，而惠连便是他的族弟谢惠连。谢家一门无论武将或是文臣，在东晋皆是首屈一指，才子频出自然也是理所当然。谢灵运一生佩服的人不多，对惠连这个族弟却刮目相看，每次见到他时，总能被他的妙语如珠激得灵感迸发，连在梦中都是如此。"池塘生春草"虽然事实上并不是真的由谢惠连所作，但从谢灵运对他的态度来看，惠连必定是个才思敏捷的妙人儿。

白羽虽白，质以轻兮。白玉虽白，空守贞兮。未若兹雪，因时兴灭。玄阴凝不昧其洁，太阳耀不固其节。节岂我名，洁岂我贞？凭云升降，从风飘零。值物赋象，任地班形。素因遇立，污随染成。纵心皓然，何虑何营？

谢惠连《雪赋》（节选）

这篇《雪赋》令谢惠连享誉文坛，他的《雪赋》与谢庄的《月赋》在南朝时期是最有名的景赋，一样的端丽优美，扣人心弦。《雪赋》即是写谢惠连假想梁孝王游园遇雪时的情景。他不曾同梁孝王一同伴游，观兔园的冬日盛景，却也从心神向往，想象着雪景的壮丽。冬季的天空万分忧郁，梁孝王闷得发慌，便叫来司马相如、邹阳、枚乘一起于兔园饮酒，看到漫天飘飞的雪景，灵机一闪，便命三人为雪作诗赋。司马相如才思敏捷，抢先一步大赞雪的芳姿，邹阳不甘示弱，也叹雪一番。梁孝王听罢笑着点头，转向枚乘，不料枚乘却说出上面这番话来，大体的意思是借雪比喻枚乘的志向。

白色的羽毛虽然洁白无瑕，但质地轻飘；白玉虽然皓洁，可是徒有永恒的色泽而无神韵；不像白雪皑皑，随着四时的更替浮现和消失，天空阴冷时不藏匿自己的玉洁冰清，太阳灼晒时也不固守形状。为什么一定要保持自己的永恒？只管从云而降，随风而走，遇到山峦沟壑、人情物事时便给其增色，随遇而安地活着真的很逍遥。何必去汲汲营营地给自己制造什么高洁的形象呢？在枚乘所讲的这段话中，满是老庄的超脱旷达、虚无恬淡，这便是枚乘从雪中悟到的真理，事实上也是惠连对雪最为真实的看法，只不过借枚乘之口说出来罢了。或许惠连的志向就是做那无根飘摇的雪，冰清玉洁，不刻意墨守成规，汲汲营营。

时人言及《雪赋》，说其美则美矣，却缺乏真正的内涵，所言虚空。或许《雪赋》的确有此弱点，但人们从赋中既能得到美的享受，又能领悟生活不必太过强求的道理，未尝不是一得。

《雪赋》所传达的对生活不苛刻的观念，正是谢惠连本性的影射。谢惠连天性便如雪一样随遇而安，来去莫辨，毫不流俗，甚至常被人说行为不检。他还曾在为父守丧时期给自己的男宠写诗，引来诸多唾骂，甚至因此而不能入仕。惠连非但不以为意，反倒乐在其中。晋代男风盛行，六朝也不能例外。很早以前，就连阮籍都歌颂男人之

· 102 ·

间的爱也一样美好和单纯："昔日繁华子，安陵与龙阳。夭夭桃李花，灼灼有辉光。悦怿若九春，磬折似秋霜。流盼发姿媚，言笑吐芬芳。携手等欢爱，宿昔同衣裳。愿为双飞鸟，比翼共翱翔。丹青著明誓，永世不相忘。"（《咏怀诗》其十二）

此诗首句提到的"安陵与龙阳"即是安陵君和龙阳君，他们皆是春秋战国之时非常有名的同性恋，对爱情忠贞不移，且在爱情路上走得相当美满。如若爱情有前提，想必会涉及性别。然而，晋时风气开放，对此并未有太多苛责。爱男子并不是错，故而，惠连为心爱的男人写诗作曲亦没有错，谁规定服丧期间就不能有任何的情感生活呢？那不过是人们压抑自己的真性情罢了。

他对父亲的敬爱源自内心，又怎是守丧这个形式能够表现完全的。如若表里不一，即便守住了形式，也无非是违背了初衷。谢惠连对于礼教之说很是不屑，这份不屑让他的心犹如洁白之雪花，从未受到尘世的污染。无怪乎后人这般评价他："千里相思一段奇，精交神契及心期。"

谢惠连不是不拘礼教的狂人，不是汲汲营营的谋士，更不是十年寒窗苦的儒生，他没有那么多诉求，却终日过得比任何人都快乐，所以他的笔下鲜少暴露出苦涩的意味，纵情生活和美好度日迎来的好情绪是他的润笔费。

衡纪无淹度，晷运倏如催。白露滋园菊，秋风落庭槐。
肃肃莎鸡羽，烈烈寒螀啼。夕阴结空幕，宵月皓中闺。
美人戒常服，端饬相招携。簪玉出北房，鸣金步南阶。
栏高砧响发，楹长杵声哀。微芳起两袖，轻汗染双题。
纨素既已成，君子行不归。裁用笥中刀，缝为万里衣。
盈箧自予手，幽缄俟君开。腰带准畴昔，不知今是非。

谢惠连《捣衣》

秋夜萧索，白露湿冷，庭院深深，菊瓣吐寒。耳边尽是莎鸡（纺织娘）、寒螀（寒蜩）振翅和鸣叫的声音，令空气当中充满了肃杀感。本该是悲怆的深夜，一群打扮整齐的美妇却纷纷出门，携手捣衣。这是惠连的《捣衣》诗所营造的画面，于清冷中带着难得的温馨。

一直以来，"捣衣"一词始终作为惆怅的代言词，它的意思是捶展布帛，缝制厚实的衣裳。古人只要夜半听得捣衣声，便知是某家男子出征未归，秋天一到闺妇便为他们缝制冬衣。妇人们本应为丈夫久久不归而悲伤，但她们依然能在寂寞中取乐，相携捣衣，彼此有说有笑，研究如何缝制更精致的衣裳和结实的腰带。一瞬间，凄凉的画面顿时充满幸福的色彩，人美、衣美、景美、情美。此时人们才猛然意识到，离别不只是藏着悲伤，也藏着淡淡的祝福。惠连的《捣衣》充盈着浓烈的幸福感，那是阮籍、嵇康写不来的，陶公、灵运写不来的，潘岳、江淹同样也写不来的幸福。并不是这些大文人的情感不够丰富、文笔不够高明，而是他们不能像惠连一样，心中始终充满愉悦。他仿佛看到了秋日破败之中丰收的喜色，这份深藏在平静背后的祝愿和幸福只有如惠连一般积极向上之人方能把握。他无欲，所以他快乐。那些思妇固守家园，倘若真如李白、杜甫、嵇康等人笔下一味沉溺忧思之中，恐怕支撑不到征夫归来的一刻。

一点欢喜一点愁，构成人的情绪脉搏，组成生命的华美乐章。所以大可不必将生活过得如同苦瓜，涩得满眼是泪。幸福并不是不存在，而是人们想要的太多，最终那份怨恨和不满遮盖了幸福的光芒。不如做飘摇的雪花，骄傲随意地活着，或许就能够读懂幸福的微光。生活何其短暂，给自己多一点幸福感，不妨碍他人，也不伤害自己，惠连始终坚持着这个想法，枕着幸福而眠。

绮丽多情，别有深意

一个诗人，无论多么才华横溢，在下笔写到自身的情感波动时，也总是难以抑制内心的悸动。情感本难以把控，尤其当这些情感涉及自身时，则会更加茫茫然不知所措。它们总会随着笔尖的游走，奔涌而出，在纸上留下不朽的符号。那本是隐逸在字里行间的，却会在不经意间流露出来，留在看客的心中。

这些情感随着诗文流传于后世，被后人欣赏，有人为其痛哭，有人为其忧愁，也有人可以窥出其中深意，沉吟在心，了然于胸。即便再淡然的文字，只要饱含深情，那字句便定然是动人的，勾勒的画卷也不会久藏于诗中。绮丽的色彩，粼粼的波光，哪怕是随风飘落的一片叶也在诗人笔下别具深意。

秋寒依依风过河，白露萧萧洞庭波。
思君末光光已灭，眇眇悲望如思何！

汤惠休《秋思引》

汤惠休是一个善于表达感情的诗人，他一生经历平坦，没有太多波折，故而其诗作中也大多是淡然如水的意境。若要从后世中寻一个诗人同他比较，恐怕只有善于创作情诗的徐志摩能与之相媲美。两个人的诗作都是那般轻柔淡雅，却深情款款。哪怕是拂面而过的和润微风，他们也能想象成情人柔软的双手。

汤惠休的诗作流传不多，但每一首都感情饱满，尤其这一首情诗佳作更是他的代表作。

那份缠绵的爱恋如同秋天绵延不尽的气息，清冷但却怡人地存于胸间。这一首秋天的情歌在缓缓地吟唱，在时光的流水中，它没有逊色一分一毫，反而愈加光鲜。也许是璞玉根本无须雕琢，只要随口一读，便能领略出其中深深的情意，并为之陶醉。

汤惠休的感情生活不为后人所探知，但从这一首哀思幽怨的小诗中，人们便不难窥得几分真意了。缠绵悱恻的情谊中有着质朴典雅的含蓄。

"秋寒依依风过河，白露萧萧洞庭波。"秋天的景色是那样美，微寒的气息中秋风拂过河面，波光粼粼的水面上有着思念还未泯灭的光辉。描写中带着几许悲哀，带着几分期盼，还有那么一点点的怦然心动。

比起同时期的其他诗人，汤惠休的诗文中大多是健康明朗的基调，这或许与他平坦的仕途和淡然的心境有关。因为无所失去，所以也更冷静。在这一首看似写景，其实写情的诗歌中，有着反复铺垫而引申出的深情厚谊，这种类似的写法在汤惠休的另外一首诗歌中也有体现。

> 江南相思引，多叹不成音。
> 黄鹤西北去，衔我千里心。

汤惠休《杨花曲》三首（其二）

《杨花曲》其实是乐府诗歌，诗中所提及的"江南"并不是真正的江南之地，而是借此来形容女子的思念好比千山万水，无法跨越。汤惠休这两首诗皆言女子对男子刻骨的思念，但所采用的情境完全不同。《秋思引》借用秋天本身的哀愁来衬托思念的绵延，而此诗中，则是以虚拟的江南，来形容相离之远，相思之深。

虽然寄托情感的方式不同，却也有异曲同工之妙。"江南相思引，多叹不成音。"思念不觉，悲伤便不止，无奈之际，只得以纤纤素手抚弄琴弦，用悠悠旋律抒发内心的忧伤。然而，痛楚难收，叹息难绝，以至于调不成调，曲不成曲。女子所弹奏的曲子当是《相思引》，却因惦念太过沉重，无法弹奏出完整的曲子，来传达内心真实的情感，下笔至此，诗文仿佛蒙上了一丝悲凉的纱幔。

既然相思之情无法通过曲调传达，便让殷勤的黄鹤捎去好了。它会带着女子深深的相思与依恋，越过千山与万水，飞向遥远的西北方——他的居所。黄鹤犹如殷勤的青鸟，往返于情人之间，传递着牵挂和爱恋。

汤惠休早年曾是僧人，而后因为善于写诗，被徐湛之赏识。孝武帝刘骏命其还俗，官至扬州从事史。很难想象这样缠绵悱恻的诗句竟然出自还俗之人，想来原本洁净质朴的心灵坠入情网之后，亦是如常人一般深深眷恋着红尘。想必这位僧人心思定然细腻柔软，在凡尘中出而得返，倒也是寻得了一番滋味在心头。

故事在这首简短的诗歌中得以升华，一个关于相思的传奇亦在其中得到延伸。汤惠休本应是六根清净的沙弥，在青灯古佛边诵经老去，却因为才高八斗，而巧得机缘。此后这位诗人究竟经历了怎样

· 106 ·

的情感，令他如此感慨，后人不得而知，只是人们深知，只有真正相思过的人，才能懂得诗中相思的含义，那看似隐晦不外露的表达，正是内心如火的翻涌。汤惠休将相思之情灌注于诗文中，却隐晦而朦胧，含蓄而婉转，可见功力之深厚。而魏晋时期，像汤惠休这般也借景抒情，借此物抒发彼情的诗歌并不在少数。不同的人描摹着不同的心境，在诗人何逊的笔下，诗文中则另有深意。

> 兔园标物序，惊时最是梅。
> 衔霜当路发，映雪拟寒开。
> 枝横却月观，花绕凌风台。
> 朝洒长门泣，夕驻临邛杯。
> 应知早飘落，故逐上春来。

何逊《咏早梅》

据传此诗之所以能流传于世，被后人传唱，是因为唐代杜甫的一首诗歌与之相互映衬，故而使其引人注目，广为流传。

严冬时节，落雪纷纷，花园中一片萧瑟景象。然而就是在这般寒风凛冽之中，在百花凋零的氛围里，一枝梅花迎着风霜，茂盛妍丽地盛开。梅花的美，不同于牡丹的富丽，更不同于桃花的妖娆，而是一种淡雅和娴静的美。梅花之色，艳而不妖；梅花之姿，苍古清秀；梅花之香，淡雅清幽。何逊不惜笔墨描摹出梅花的高雅，亦赞叹出梅花的嫣然。并不是所有娉婷之花都忌惮寒冷，梅花便是例外。

而后诗人便顺理成章地由梅花想到了人事，故而诗中便讲述了那些悲欢离合、貌合神离的故事。何逊并不是无病呻吟，他一生几多坎坷，经历了人间无数苦难，虽然胸怀天下，却未能如愿以偿地报效国家。于是，他的诗文中多含有"苦辛"之意，这并非是他矫揉造作，而是有感而发。

所以何逊以梅花自比，他将自己看作一枝傲雪清梅，纵然置身于天寒地冻的严冬，却恣意盛开，芳香四溢。他毫不气馁，认为与其悲叹人事，不如建功立业，营造自己的春天。同样的梅在何逊眼中宛若逆境中的自我，吐露芬芳，而在宋代林和靖眼中独有"疏影横斜水清浅，暗香浮动月黄昏"的妖娆清傲。这一切皆由心境而起，皆由经历所致。外物始终是文人用来表达自我的媒介，何逊写梅继而引申古今，烘托自己的理想，这也是那个时期人们写诗惯用的手法。只是无论这些古人如何抒发胸臆，世事却并未因此而改变半分，该走的还是远去，该留的依然泯灭。唯有隐匿在字句中的美丽景致等待有缘人欣赏。

废池乔木，感时伤怀

沈德潜《古诗源》说他："如五丁凿山，开人世所未有。"

钟嵘《诗品》说他："才秀人微，故取湮当代。"

南朝，宋文帝年间，一个青年，生于乱世。仕途几经沉浮，还未赢来璀璨的辉煌，已经沉郁落下，埋于黄土之中。

鲍照，能在诗文中看透人世艰难，却无法脱离世间的苦难，沉沦于斯，毁于斯。

虽然后人盛赞他文如明珠，夺目亮眼。但月已西斜，是否还能照见他旧日坟头上的青青草茎和盈盈露珠。

他像一道伤痕，凛冽地将整个南朝纵横劈开，横亘于世人面前，让人无处躲藏。鲍照绝对是南朝的异类，在那个温润的王朝中，他总是不合时宜地站出来说一些本不该他说的话，写一些本不该他写的诗文。所以，他脚下的路比旁人坎坷曲折，他在兜兜转转之中总是找不到属于自己的合适定位。他的存在就如同落笔之墨，牢牢地印刻在历史的白卷之中，让人们忽略了锦帛的洁白。

作为南朝文人，鲍照自然希望跻身仕途，报效国家，完成自己建功立业的梦想。他不断在官场中周旋，却始终得不到施展的机会。彼时门阀制度极为猖獗，使得一些出身贫寒的有识之士，埋没在荒草中。乱世之中，寒门子弟并非苦读便能如鲤鱼一般跃进龙门，进入前途无量的庙堂。他们注定要比那些名门之后少些夺人眼球的机遇，少些展示自我的平台，因此不知该把满腔热血泼洒何处。

　　鲍照便是如此，他苦有一腔热情和才学，却无法施展，在万般无奈之下，鲍照只能寄情于诗文。只有文字，才会不分贵贱，只讲真才实学。鲍照用他所拥有的无坚不摧的悲悯之心和包容情怀，写下了一首首诗歌，一篇篇文章，咏叹着人生的苦闷，吟唱着世事的无情和冷酷。

　　在鲍照的字里行间，永远透露出一股不甘人后，却又无可奈何的情绪。

　　　　泻水置平地，各自东西南北流。

　　　　人生亦有命，安能行叹复坐愁！

　　　　酌酒以自宽，举杯断绝歌路难。

　　　　心非木石岂无感？吞声踯躅不敢言。

　　　　　　　　　　　　鲍照《拟行路难》十八首（其四）

　　鲍照心中满腔的愤懑无处倾泻，便又挥毫起如椽大笔。此诗以水流泻于地面而起兴，却丝毫不见黄河波涛汹涌的壮阔，亦不曾见西湖碧波微澜的恬淡，但正是这平凡无奇的水，道尽了鲍照的心怀。水"各自东西南北流"，预示着人生总是会经历不同的际遇。水的流向由地势决定，而人的际遇，则由门第把握。"泻水置地"本在魏晋时期清谈中出现过，但鲍照能引以为用，且使其更加富于生活气息，规避开学理枯燥无味之感，足见他强大的创造力和深厚的文字功底。然而就是这样一位才华横溢的诗人，却无法得到社会的青睐，不能不叫人悲叹。鲍照以为每个人的人生都有各自的命运，无法勉强。此话有几许自怨自艾之意，却也有几分随波逐流、随遇而安之感。既然命数有定，无法更改，跟随着命运的牵引便好，何必还要大费周折地妄图改变人生轨迹呢？

　　水随着地势从高处流往低处，不辨方向，不知归宿。无人知晓水流经了怎样的土地，途经了怎样的风景，感受了什么天气，只晓得它流走了。每个人都有属于自己的道路，如无垠之水，一旦落地便无法言明方向，总归要历经生老病死，爱恨别离。如同天上的星星有规可循，却彼此重叠。鲍照参破了人生，看透了世事，然而他真的放下了吗？

鲍照看似自圆其说，又好似反问上天的诗句，让人读后不禁无言，到底是命运的不公，还是人间世事的不公，其间的纠葛，真是说不清楚，道不明白。既然如此，不如沉醉不醒，反倒可以解千愁。可是李白有语："抽刀断水水更流，举杯销愁愁更愁"，醉入酒乡不过是逃避罢了。鲍照不愿如木石一般没有思想地苟活，可是那巨大的踌躇却是无法轻易就说出口，故而，他只能忍耐着将一切苦楚吞咽下去。

如此看来，鲍照所悲的是家国大事，是他个人无法主宰的。他连自己的命运都无法把握，无法争取，又怎可与整个世界为敌。因此，人情苦别，在鲍照的诗文中展示最多。想必他情愿终身遗忘，不再回归这红尘俗世之中，因为这不是属于他的世界，而他亦无法融入其中。鲍照的诗歌中总有一股强烈的不忿之气，对于冷酷凉薄的现实他永远不满，在这种情绪的搅扰下，鲍照始终处于官场的边缘地带，无法进入核心。也正是因为他经历了太多的苦难，所以才留下了这些证据，令后人可以见证，可以兴叹。

若夫藻扃黼帐，歌堂舞阁之基；璇渊碧树，弋林钓渚之馆；吴蔡齐秦之声，鱼龙爵马之玩，皆薰歇烬灭，光沉响绝。东都妙姬，南国丽人，蕙心纨质，玉貌绛唇，莫不埋魂幽石，委骨穷尘。岂忆同辇之愉乐，离宫之苦辛哉？

鲍照《芜城赋》（节选）

这是一篇历代传诵的佳作，赋中鲍照感慨了那时的盛衰变化。彼时芜城饱经战乱，当时鲍照正客居江北，偶然来到芜城，眼见曾经繁华绮丽的城池败落殆尽，入目尽是"废池乔木"的荒芜景象，不禁悲从中来，创作这篇感时伤怀的千古绝唱。岂料却成了后世的美文，代代流传不休。

文章从城池的地理位置开始写起，延伸至战争的整个过程，最终将破败的情景用文字再现，通过对比之前的美景奢华，来映衬今日的荒芜破旧，想当初的那些宫廷楼阁、乐声杂耍都通通消失在了硝烟中。就连那些昔日的美人也无一幸免，归于黄泉，她们已经不会想起当日的欢乐或者痛苦了，因为死亡便是最终的归结。

在鲍照的文章中，一切文字都围绕着兴衰皆有循环来写，他悲叹世事的情怀缠绵悱恻，感叹世上抱恨者是何其多。所以，还不如弹琴唱起歌曲，诉说那被摧毁的城池和幸福，在猎猎的风中，那些田间的小路，还有那些荒墓，皆是凄凉。

满目荒芜，怀古伤今。鲍照的这篇文章满篇的愁绪皆是因为他对这个时代无限的愤懑，还有自身的不顺而引起的。在这篇文章中，鲍照的人生观基本得到展示，便是人生有命，成事在天。不如就以他的《芜湖赋》结尾吧，千秋万代的世事，不都是这样同归于死而罢休的吗？所以，一切且随风去，不必管它。

天道如何，吞恨者多，抽琴命操，为芜城之歌。歌曰：边风急兮城上寒，井径灭兮丘陇残。千龄兮万代，共尽兮何言！

鲍照《芜城赋》（节选）

黯然销魂，唯别而已

离别是最惹人神伤的痛，无论生离还是死别，总让人无限悲恸。世间离愁别恨何其多，没有人的离别比江淹的"黯然销魂者，唯别而已矣"更伤痛，也没有人的愤恨比他的"自古皆有死，莫不饮恨而吞声"更悲愤。独占了人生负面情绪最极端的两种，江淹究竟经历了多少坎坷，才会用这般痛彻蚀骨之语将人的心拧得辗转欲碎。

欢聚只如一场春梦，短暂而虚幻，离去的人如秋云，转眼间便失了踪迹，留下来的人则苦苦守着一帧回忆，挨度春夏秋冬。李商隐有佳句："相见时难别亦难。"两个"难"字，一指现实之难，一指情感之难，曲折深婉，折人心肠。晏几道却道："醉别西楼醒不记，春梦秋云，聚散真容易。"他用了意义相反的词汇，道出的却是更深的离愁别苦。江淹的"黯然销魂"，亦是同样伤怀，然而不只是爱情的离别那么简单，更多的是离乡背井的复杂情感。

黯然销魂者，唯别而已矣。况秦吴兮绝国，复燕宋兮千里。或春苔兮始生，乍秋风兮暂起。是以行子肠断，百感凄恻。风萧萧而异响，云漫漫而奇色。舟凝滞于水滨，车逶迟于山侧，棹容与而讵前，马寒鸣而不息。掩金觞而谁御，横玉柱而沾轼。居人愁卧，怳若有亡。日下壁而沈彩，月上轩而飞光。见红兰之受露，望青楸之离霜。巡层楹而空掩，抚锦幕而虚凉。知离梦之踯躅，意别魂之飞扬。

江淹《别赋》（节选）

最使人沮丧和失魂落魄的，莫过于此行一去三千里，离故乡遥远到不能望见的地步。就像秦国与吴国、燕国与宋国一样，永远没有接壤的一日。这是《别赋》中江淹流露的久别故土之痛苦，他借"秦吴""燕宋"相去千里来比喻家乡的遥不企及，是以当四季在他的眼前轮转时，他始终不曾有半分快乐。春天的青苔刚刚浮现，本该为它欣喜，但转眼间秋风便迅速袭来，草木枯黄。风发出不同的声音，漫漫白云呈现奇异的色彩，船在水中屹立不动，车在山道间徘徊，船桨停滞不再滑动，马儿发出长嘶的悲鸣，这一片满目凄怆的景象，被流浪他乡的江淹看到，倍觉凄凉，肝肠寸断，哪里还有心思再吞下酒水。于是，他随手盖上金杯，将琴瑟放入袋中，浑然不觉泪水已经溅湿了马车前的轼木。

夜晚悄然而至，居留在家中的他抱愁而卧，常不成眠，惘然若失。他看着墙上的夕照一点点消失，月光一点点铺撒点染，窗边的红兰挂着秋露，青楸蒙上了寒霜，不禁怅然若失。抚摩着冰冷锦被，半掩起房门，这样的午夜，想必游子在梦中也定然是踟躇不前、魂魄无依的。

离乡的愁苦，思乡的怅惋，近乡的怯懦，是流浪在外的游子共有的情愫。故土是游子魂牵梦萦最惦念的地方，乡音是沦落天涯伤心人难忘的佳音。古来写离别之恨之苦的人有千万，将思乡的愁苦同四时变化联系在一起的却没有几人。江淹的《别赋》既有"感时花溅泪，恨别鸟惊心"的触目惊心，又有"晴川历历汉阳树，芳草萋萋鹦鹉洲"的怅然。

离别的情绪，无论是因爱情还是因亲情产生，又或者因为留恋尘世不甘赴死，那番惆怅都是相通的，所以江淹在《别赋》中坦露的游子愁，总是能被旁人拿去形容种种分别的情感。江淹亦是这般认为：尽管别离的双方并无特定，别离也有种种缘由，但有别离必有哀怨，有哀怨必充塞于心，使人心神呆滞沮丧，饱受创伤。古今有多少骚客，文辞卓越，精通诗文，然而真正能将离别的难舍难分写透的，恐怕绝无仅有。江淹并没有说《别赋》中的"离别"是独一无二，可是这篇他在外飘零时所做的愁赋，成就了世上绝无仅有的痛楚之词。这偶得的"永垂不朽"或许跟他的身世有莫大的关系。

出身于贫寒的家庭，父亲早逝，江淹依靠采薪卖钱侍奉体弱多病的母亲。生在政权不断更迭的南朝，注定他大半生的政治生涯坎坷难耐。屡被下狱和放逐他乡，在颠沛流离的生活中，江淹的心被揉碎了愈合，愈合了再揉碎，情肠百转千回就是这样得来。加之他天生聪颖，文笔非凡，主观和客观因素的结合，造就了愁煞千秋的绝种多情男子。可是江淹要的并不是这些浮名，作为一个学富五车的男子，最大的成就莫过于实现自己的政治理想，却为何没有人来理解他的用心？

春草暮兮秋风惊，秋风罢兮春草生。绮罗毕兮池馆尽，琴瑟灭兮丘垄平。自古皆有死，莫不饮恨而吞声。

江淹《恨赋》（节选）

在江淹的又一名作《恨赋》中，他透露了自己欲做一番事业的心思，然而在这篇辞赋的结尾，他又彻底失望了。获得功名又怎样，就一定能让自己千古留名吗？恐怕不见得，历史上有多少英雄已然作古，埋葬在荒草土丘中被人遗忘。在一望无际、苍凉空旷的古战场上，看孤垒荒芜，多少人纵有千秋霸业也要饮恨沙场。"飞将军"李广之孙李陵，越朔漠千里追敌，气焰嚣张，还不是抵不过胡人铁骑而受降，落得个叛国的罪名；背井离乡和亲的王昭君，任她在朔漠中饱经风霜，终究无人体会她的寂寞与不甘。千古功名仍在，却是半生寂寞半生愁，有功名又怎样，还不是化作一腔积怨，无处拆解。

春草迟暮，秋风惊起；秋风落罢，春草再生。数千年周而复始的年华就这样消逝，黯绮罗的流光，剥落了池馆的红瓦，摧断了琴瑟的弦，抚去了沟壑化作平川。在万年不变的自然规律面前，大好河山依旧，而人事早已在岁月中更迭变换。人生自古皆有死，然而忍恨吞声亦居多。郁郁而不得志的江淹，在为山河叹息当中慢慢变得沉寂。然而，他从未知晓断壁颓垣处还能生出绚丽繁花，命运转角处还会遇见柳暗花明。宋顺帝升明元年（477），齐高帝萧道成执政，早闻江淹美名，遂将其从吴兴召回，任命为尚书驾部郎、骠骑参军事。此后江淹官运一路亨通，而梁武帝萧衍代齐后，更把江淹升为金紫光禄大夫，封醴陵侯。极度顺利的后半生，将江郎的才情尽数带走，那时的江淹除了拟古诗较佳，再也写不出《别赋》《恨赋》的绝世佳作。

用苦痛半生磨炼出的盖世才华，令江淹享用了"梦笔生花"的美名；再用幸福美满的半生将才华敛去，令江淹收到了"江郎才尽"的毁誉。人生有得必有失，对江淹何须有那么多的非议。试问数千年来哪一个文豪大家不是在最不得志的时候，才将生命的精华绽放而出？因果轮回，天公地道，生活就是这样具有补偿性和掠夺性，挣也挣不开。如若要对江淹半明半暗的一生做出评价，或许唯有其《青苔赋》中"至哉青苔之无用，吾孰知其多少？"最为恰当。

望峰息心，窥谷忘反

> 山际见来烟，竹中窥落日。
> 鸟向檐上飞，云从窗里出。

吴均《山中杂诗》

这首小诗以干净纯粹的笔触，渲染了一片山中晚暮之景，恰到好处地将诗人闲散、舒适的心情刻画出来，又配上山林中幽然深远的意境,俨然是一幅绝妙的山水画。

清人沈德潜曾评论此诗云:"四句写景,自成一格。"作者吴均是南朝梁时著名的山水大家,他在山水诗文上的造诣丝毫不亚于谢灵运等人,也算是自成一家,风格别致。这首小诗便是他在悠游于青山绿水间的佳作。

"诗中有画,画中有诗"是苏轼对唐代山水诗人王维诗作的评价。中国的诗歌同传统画作总是密不可分,能在诗文之中令人如临其境般地感受笔者所见所闻,一直是文人墨客的诉求。吴均自成一家,以白描的笔法将秋日日薄西山的盛景描绘出来,更道出了其中的灵动之处。

从山际飘来的阵阵如烟山雾,到竹林中依稀窥探到的落日余晖,还有那屋檐上飞过的鸟儿,从窗外飘过的云朵。这一切只是简单的景物描写,却在吴均的笔下,散发出了活灵活现的光辉,令人仿佛身临其境,看到了这一幕幕的场景,感受到了远离尘嚣的清净和心境的超脱自然。吴均的这首写景小诗看似与常人之作无异,但仔细品味,还是能读出些许不同。吴均好学有俊才,文词清拔有古气,凭着一技之长,于做官之时,便私撰《齐春秋》,故而触犯了梁武帝。仕途的跌宕起伏令他心生归隐之意。朝中不留人,自有留人处,看那千山万水,峰峦起伏处,尽是归宿。故而,这首杂诗也算是他看透仕途之后,从大自然中得到的一点点安慰吧。

他将自己放逐在山水之中,感受着那份独有的清雅和恬淡,然后用超然的笔调将其记录成文。如同一幅彩色照片一样,被人一读就牢牢地印在心间,无法挥去。

吴均的诗文有情趣,且新颖至极,这自然和他本人遭受过坎坷和曲折的经历有着莫大关系,正因为看过风雨变幻,处事才能渐渐波澜不惊。

人生的真谛便在这汩汩的泉水中得以印证。并不是每一个人都能适应那险恶叵测的仕途官场,有人可以官拜一品而屹立不倒,有人虽有满腔抱负却无法获得高位。这除却和个人能力、品性相关之外，更与时政有关。

吴均显然属于后者，他自视清高，见不得官场之上的污浊之气，不愿为五斗米折腰，于是他将自己放逐青山，将生命看作一朵自由行走的云彩，悠然而自乐，这也算是一种变相的回归。有人在仕途中找到归宿，秋风送爽，而他在清风中独自流连，自怜自叹。

山中泉水汩汩而淌，那微微的波澜深处，全是文字内柔软的颜色和谦和的印象。魏晋文人总是爱将自己放逐进青山绿水之中，或是因仕途不顺，或是因人生际遇坎坷。但也不可否认，名士爱流水，文人踏青山。这是自古以来的惯例。在那个旖旎的时代里，吴均因为家世贫寒，终身不得意。他身上有着傲然的风骨和不肯屈服的雄心，作为一个寒士，命运对吴均并不公平。他在名利场中没有拥有他想要的，但是上天似乎懂得弥补一些失意的人，所以，吴均在山水之间，找到了生命最终的解释——怡然自得才是真。

既然不能在仕途上得到完全的释放，不如流连在自然中，此处从不会区分人的高低贵贱，吴均果然在这里觅到了他的理想。故而，吴均不断在山水间游历，留下了大量关于山水的诗文，传为佳话。除却上面那首小诗，吴均写给友人朱元思的一封信，更是千古名篇，令人读后欲罢不能。

风烟俱净，天山共色。从流飘荡，任意东西。自富阳至桐庐，一百许里，奇山异水，天下独绝。

水皆缥碧，千丈见底。游鱼细石，直视无碍。急湍甚箭，猛浪若奔。

夹岸高山，皆生寒树。负势竞上，互相轩邈。争高直指，千百成峰。泉水激石，泠泠作响。好鸟相鸣，嘤嘤成韵。蝉则千转不穷，猿则百叫无绝。鸢飞戾天者，望峰息心；经纶世务者，窥谷忘反。横柯上蔽，在昼犹昏；疏条交映，有时见日。

吴均《与朱元思书》

　　这是吴均在游赏富春江时，生发了寄情山水的生活理想，便将见闻记录在册，寄给远方的朋友。这篇《与朱元思书》，与其说以墨写成，倒不如说是蘸着满腔的欣赏与赞叹，以情韵泼洒而成。它实在是美，美在景，美在情，美在词，也美在章。

　　字里行间，仿佛可以看到当时游山玩水之后，意犹未尽的吴均提笔写下这封书信的兴奋之情。此时，谁还能想到，这是出自一个政治上不得意，不被重视，屡遭排挤的人呢？梁武帝因为吴均纂写《齐春秋》时，私自将梁武帝称为齐明帝佐命，而将吴均罢免，驱逐出官场。

　　自此之后，他将自己放逐在山水之间，不问世事，不问今夕何夕。但从这篇文章中，又怎能看出他的悲观情绪呢？或许正是这绮丽的山水，才是治愈伤痛的良药吧。《梁书·吴均传》说他"文体清拔有古气"，吴均的诗文自成一家，在当时颇有影响，时称"吴均体"。这一篇骈文从行船游江的见闻到感受一一写出，以"奇山异水，天下独绝"引领全文，而后详尽道出这山与水奇在哪里，异在何处。这些景貌自是高居庙堂之人无法体会的，而吴均也正是由此不再想起官场的险恶。在这篇文字优美、意境幽远的小品文中，一个南朝文人落魄、释怀、包容的内心情境被一一展现，在词句跌宕有致的节奏中，灵活的转折里，后人可以看到一个完整的清高文人。

　　没有年华易逝的悲叹，亦没有红颜老去的伤怀，在江水中，一个清瘦的男子，悠然自得地赞美着前方的道路，时光在这里为他做了弥补，那前半生的缺憾，皆得到了宽容。

　　选择怎样的道路，即会欣赏怎样的风景。山居，可以听到声声鸟鸣；处于尘世之间，可以看到人来人往，车水马龙。两种人生，都有其存在的价值，然而，若想求得心中安宁，则不如像吴均一样，在山水间放逐自己的悠然情怀。

卷七　痛饮狂歌空悲凉

　　草原上的男子自比雄鹰，不畏艰险，只为建功立业。皇室中的王子，甘愿玉石俱焚，也要报得复仇。大义公主忍辱负重，为匡复社稷不惜认贼作父。这些侠骨柔情，如风雨夜里的一盏枯灯，凄美悲壮。

念吾一身，飘然旷野

<blockquote>
敕勒川，阴山下，天似穹庐，笼盖四野。
天苍苍，野茫茫，风吹草低见牛羊。
</blockquote>

无名氏《敕勒歌》

　　读罢此诗，轻轻闭上眼睛，便觉脑中浮现一幅雄阔的草原图景。那样苍茫的一片草原，在连绵的大山下，如同波浪，延伸到远方。天地仿若恋人一般，在地平线的尽头相互融合，结伴走向生命中最为隐秘的地方。俯瞰突现遍地牛羊的草原，仰首可见穹庐似的高天，没有人不为这雄奇景色惊艳。

　　这就是北朝民歌带来的想象。它可以跨越一切时空的障碍，单纯地靠着这二十七个汉字便能引人入胜。苍茫的景色在寥寥数语中浮现，令人浮想联翩。

　　敕勒川旁，阴山脚下，天苍苍，野茫茫的敕勒族的故事流传了一千五百年，那是一段沧桑而美丽的传说。据史书记载，魏太武帝在出兵征服了高车族之后，"皆徙置漠南千里之地。乘高车，逐水草，畜牧蕃息，数年之后，渐知粒食，岁致献贡。由是国家马及牛、羊遂至于贱，毡皮委积"。

　　北方的旅人虽然自在，却过着艰难的生活。北朝民风彪悍，那里的人们喜欢游弋于广漠之中，四处为家，打猎为生。尽管之后他们逐渐南侵，与汉文化相融合，但并没有彻底改变北朝的生活习俗，依然保留了一些原先的习惯，比如游牧，这是这些人难以改变的习俗。

在魏太武帝积极推行他的汉化制度时，从北方草原上迁移而来的这些北朝人，依然留恋着之前无拘无束的生活。故而，这首民歌《敕勒川》其实是南移的北朝人心中最美的回忆。仰望长天，环顾四野，广袤的天空就像一个巨大无比的圆顶毡帐把大草原笼罩起来。天空是青苍蔚蓝的颜色，绿色的草地宽展无边、一望无际，如一块大毛毯铺盖大地。以天为被，以地为榻，天地正是游牧人的家，在这天地之中，何惧之有。

只是族人迁移，沧海变桑田，如今再也无法看到这般雄浑壮阔的景象。因此，通过咏唱这些歌曲，来怀念最初的出发之地，也不失为一种办法。

这些失去草原的游牧人，仿佛被折断双翼的雄鹰，渴望恋慕着辽阔的土地和天空。舐舐着伤口，等待痊愈，再度腾飞。他们被汉地制度捆绑着身躯，灵魂却依然飘浮在天山下的绿海中。

他们好似被放出的风筝，虽然在天空之上翱翔，却始终被故乡牵扯着，线的那一端有他们无尽思念的草原和牧马。那些诗句不仅仅是眷恋之语，更像是墓志铭时刻提醒着他们，先祖曾在那样的天地中策马奔腾，驱赶家畜，热烈而丰盈地生活。

正如《企喻歌辞》中所唱的那般："放马大泽中，草好马著膘。"可以从中想象到在草原上，牧民们赶着马群，过着四处迁移却悠闲自足的生活。敕勒族人以草原为家，以穹庐为居室，放牧是他们的衣食来源，草原孕育了他们豪爽的性格。因而率性一唱，热爱家园的情谊、不畏天地的豪气，成就了这首境界开阔、音调浑厚的《敕勒歌》。然而并不是所有牧民都可以如此潇洒恣意，还有许多牧民是因为无奈而被迫远行漂泊，在他们所吟唱的民歌中，并不能瞥见太多的欢乐，反而充溢了更多的愁绪。

> 上马不捉鞭，反折杨柳枝。
>
> 蹀坐吹长笛，愁杀行客儿。
>
> 腹中愁不乐，愿作郎马鞭。
>
> 出入摄郎臂，蹀座郎膝边。
>
> 无名氏《折杨柳歌辞》

又是一个离别的季节，折一条柳枝送给离人，盼望着他能如杨柳般，随遇而安。这一首北朝乐府民歌，是征人在临出门之前与妻子依依惜别，折断柳枝送给对方，以表示钟情的一曲无奈之歌。这首民歌不像《企喻歌辞》中唱到的那般心无旁骛，言辞中满是不舍。

柳枝，留之，临行而"留之"，折柳的寓意已然明朗，先人以折柳来咏唱离人的惜别情怀，所以早在《诗经》里已就有了"昔我往矣，杨柳依依"的诗句。汉代的长安东门外的灞桥两岸，堤长十里，一步一柳，由长安东去的人常常在此折柳，赠别亲友。折柳送别，自此而来，在以后的时光里几乎代替了"送别"二字。

而在此诗中，不是送行的人赠旅人柳枝，而是即将远行的人折枝送给送行的人。他本上马准备挥鞭启程，却不拿马鞭，反手折一枝杨柳树条送给家人。前路漫漫，不知道走出以后还能不能再回到原点，恰恰此时不知从何处传来呜咽的送行曲，更添愁情。

虽然征人以"行客儿"自居，字里行间透露出粗狂不羁的心态，但面对即将要奔走的前路和无常的命运，仍是无法抑制内心的悲苦。相比之下，妻子并未一味地沉浸在痛苦之中，面对丈夫不知归期的出征，纵然她亦是惶恐无措，但还是将未来交付给了美好的想象。

她想象着自己是丈夫的马鞭，随时随地都可以别在丈夫的腰间，与丈夫形影不离。这样他们便可以在广袤的天地间肆意驰骋，永不分离。这个愿望自然是很难实现，但正是如此，便更能烘托出离别之时的痛惜之情。王国维在《人间词话》中说："其辞脱口而出，无矫揉装束之态。以其所见者真，所知者深也。"这句话恰到好处地点评出了北朝民歌的特点，正是清俊、飒爽，即便是离别，也能酣畅淋漓。

而除去这样酣畅淋漓的离别，远行的民歌还有别样的情绪，便是愁苦。许多在外的人都是因为无家可归，所以他们所经历的事情大多更为黑暗。行人孤独飘零、道路险峻难行，气候严寒刺骨，这不由得不在他乡生出思家之情，又因无人倾诉，无人聆听，只得化成一首首民歌，一首首诗词，以宣泄内心的情感。民歌中的《陇头歌辞》便记录了这样的情感。

陇头流水，流离山下。念吾一身，飘然旷野。朝发欣城，暮宿陇头。寒不能语，舌卷入喉。陇头流水，鸣声幽咽。遥望秦川，心肝断绝。

无名氏《陇头歌辞》

流水引领全诗，羁旅远行之情顿时浮出。从流水毫无定向的走势联想起游人毫无方向的行程，不禁悲从中来。行人独自行走在空旷的野外，心若浮萍，漂泊无定，多像这河水，无奈地离开源头，流向远方。北朝的游人自然不会有着游山玩水的好心情，四处硝烟弥漫，他们出游，多半也是因为躲避战祸，或者服役。故而，四海为家的仓皇感多于闲庭信步的悠闲感。

他们出走不过是无家可归的无奈，他们的远行是谋生之所需，那一步步远离家人的旅程，都只有一个目的——活下去。那苍茫的天地广阔无垠，却无一处是生活的乐土。对漂泊四方的游子而言，最大的安慰便是寻到一处安身之所。

然而，天地之大，哪里都不是归宿。唯有不停地奔波，才是这一生的出路。因居无定所，夜幕降临之时，流浪在混沌江湖中的人，只得露宿在外。天寒地冻，以至于旅人他瑟瑟发抖，嘴张不开，舌头也因僵硬而弯曲，"寒不能语，舌卷入喉"。以如此形象的语言来描述旅人的行程之苦，在乐府诗中并不多见。游子何曾爱上流浪，不过是因没有栖息的屋檐。北朝连年的战争，使无数人流离失所、妻离子散、家破人亡。这首诗歌如此情真意切，读之让人肝肠寸断。行走在没有尽头的路上的人，在寒山冰河间，听到陇山的流水声，好似人的哭泣，无限忧伤。有国难奔、有家难回，旅人就在这呜咽的流水声中，被刺激起深埋心底最为原始的孤单和寂寥。

行走于乱世，没有归途。在摧毁之中寻求现世安稳，但久寻不下，远行客在颠沛流离，天下之大，竟无归处。

郎情妾意，眷眷之心

钱锺书的《围城》道出了婚姻的状态，围在城里的想逃出来，在城外的人想冲进去。于是，在狭长的年月中，红尘滚滚，无一处不是喧嚣。婚姻，便是理想中的爱情与现实中的生活碰撞交集的媒介。或者愉悦，或者惨淡；或者白头偕老，或者半道离散。

谁能掌控这局面，谁能游弋于情感的旋涡中自得其所？可是在如尘土下掩埋了千年的北朝，却能让这片感情的海洋，波光粼粼。在爱情这个世界中，由于礼教束缚，女子向来置身于角落，无法见到明媚的阳光。然而，在北朝那个开放的时代，在那片辽阔的土地上，女子与男子具有同等的追求爱情的权利。她们渴望爱和被爱的期望与男子一样热烈，甚至更有甚之。

她们没有太多浓烈的纠缠，亦没有很多无望的奢求，只是，她们会在命运还未伸出手之前，便提前将要落在她们头上的旨意扭转。纵然命数有定，不得随意删改，但天长地久有时尽，北朝的女子们总是愿意在尘缘未尽之前尽情绽放。

> 谁家女子能步行，反著夹禅后裙露。
>
> 天生男女共一处，愿得两个成翁姬。
>
> 黄桑柘屐蒲子履，中央有丝两头系。
>
> 小时怜母大怜婿，何不早嫁论家计。

无名氏《捉搦歌》

此是流传在北朝的乐府诗歌。"捉搦"之意犹如"捉拿"，就像是男女嬉戏中捕获爱情。彼时北朝正由少数民族统治，礼教并不严密，加之北方女子本就性格开朗活泼，素不惧家庭俗规，故而这里的男女自会依照自己的意愿相互吸引、欢好。

这首《捉搦歌》便正是叙述北朝儿女情长之事。歌词的情调诙谐、幽默、开朗，充满丰盈的欢愉与欣悦，读之仿佛柳枝摇曳着挠人心尖，心便荡起一圈圈涟漪。第一首诗开头以男子设问的语气拉开诗歌的序幕，男子因为仰慕这位路过的女子，便格外关注女子的一言一行。此时见她步姿轻盈舒缓，曲线妖娆妩媚，追慕情思便油然而生，脱口便道："谁家女子能行步，反著夹禅后裙露。"女子走在前面已是心花怒放，却并不言语，在他身后的男子不禁浮想联翩，希望与佳人同行，并得以结为连理。在尊崇"女子无才便是德"的古时，女子毫无话语权，朝堂、战场、书苑都是男人的，女子只要乖乖留在闺房精厨艺、善女红就好。然而，在北朝民歌中记录的女子，却一扫之前女性唯唯诺诺的神情，她们一旦遇上了心仪的男性，便忍不住要唱出心中所想，犹如破土而出的幼苗，瞬间就要长为参天大树来吸引住异性的目光。她们自知美丽，从不自恃，因为在那样广阔的天地下成长，她们所走的爱的通道比所受礼教束缚的女子更为顺畅。

"黄桑柘屐蒲子履"则由足下木屐起兴，屐履总是成双成对，自然引发男女相配的联想。男大当婚，女大当嫁，唯有婚姻可将二人牵系起来。诗中的女子何其坦率，毫无矫揉造作之意，这自然与当时的风气有关，但更为重要的是，她心中怀有无限深情。如此一来，一曲郎要娶、妾要嫁的郎情妾意图跃然纸上。这些歌曲，正是因为挣脱了世俗的樊笼，所以才更显得光芒万丈。而相比起来，同时期的南朝民歌却多了几分羞涩。好像江南暮雨，细细密密、朦朦胧胧，让人看不清颜色。

> 垂帘倦烦热，卷幌乘清阴。
>
> 风吹合欢帐，直动相思琴。
>
> 　　　　王金珠《子夜四时歌·夏歌》（其二）

江南的夏天，清荷满塘，闺房之中，珠帘低垂，房中少女，怀春的心思无法诉诸他人。情丝萦绕心间，就算自己再心烦意乱，也不肯先于男子道出情愫。或许是由于地域和文化的不同，深受汉文化影响的南朝女子没有北朝女子那样的胸襟和气魄。

在北朝的民歌中，女子没有太多缱绻婉转的情思，她们只要爱上，便义无反顾地投入，在轰轰烈烈中倾尽深情，要比南朝的女子勇敢得多。

> 华阴山头百丈井，下有流水彻骨冷。
>
> 可怜女子能照影，不见其余见斜领。
>
> 　　　　　　　　　无名氏《捉搦歌》

在这首北朝民歌中，一个女子独自来到井边打水，本想借着百丈深井一照自己的倩影，但只一瞥，就觉得井水冷入骨髓。且因井太深，只能照到脸部和上衣的斜领。她顾影自怜的愿想落空，自己那吹弹可破的肌肤，婀娜若柳的身姿，似远山般的黛眉，如樱桃般的小口，便无法被自己欣赏到，只得发出一声声叹息。

当然，这些哀怨的幽思只是后人的联想，在戛然而止的情节之后，留下了太多迷人的谜题。然而可以确定的是，这个女子想要顾影，只是因为自哀自怜。北朝战事频繁，男丁匮乏，致使诸多女子过了待嫁时期。这个女子或许便是因无处寻觅情投意合的爱人而滞留闺中，借着叹息容颜，来吟唱自己婚嫁无期的惆怅。歌德有言："哪个少年不钟情，哪个少女不怀春。"不论是北朝女子还是南朝女子，她们恨嫁的心情都是相同的。她们正值好年华，期盼能遇到一个有情人，与之携手相伴一生。无论是南朝诗歌中那位千金小姐，还是北朝民歌里这位贫寒姑娘，她们有着待字闺中的各种理由，却有着同样迫切的出嫁心情。

红尘过往，缘浅情长，由于时代的缘故而令爱情搁浅，是每个女子抱怨不得的事。因为战事的频繁，使得时局纷乱，男子多上前线，再不得返，女子只能苦留家中，不断探身张望，去寻缥缈的前路。

如同诗作在女子探身照影时停止一样，诗人在诗歌的意境之外，留给后人的幽思也远远不止女子恨嫁。这些红尘中的红颜，在风沙中老去了容颜，在前行中蹒跚了脚步，却唯独坚持着爱为她们带来的温暖，就算将来碎裂一地，也无法改变她们对爱的坚持。

南朝丝丝柔滑，北朝铁骨风沙；南朝娇媚柔情似水，北朝慷慨坚硬如风。在女子们华丽身影的背后，是风沙中携裹的期盼。转身之后，这些期盼成为最动人的篇章，永久被世人吟唱。

烽烟万丈，义胆忠魂

辽阔草原的一端出现了一个满面沧桑的男子，手牵着战马蹒跚在蒿草之间，脚下的路曲折无尽头。忽而在他辗转的路途中，出现了关于往昔的画面，战场上矫健如飞的战士，还有那战场上无尽的白骨。画面更替出现，让人看到，一半是坚强，一半是忧伤。

激烈厮杀中，一个个英武的男子，在阵阵号角声中，执刀挥剑奋力杀敌，血流成河。侥幸存活下来的人，在荒漠的黑夜里，举头望着天上那一轮孤月，心中满是惆怅。古来征战几人回，他们深知，从离开家乡踏上战场的那一刻，便把生命交付给了异乡。

这就是当时北朝塞外的疆域上，行军打仗后的场景。军人们在战火中全身而退，带着对死亡的敬畏和对生命的留恋，行走在这片土地之上，歌唱起属于他们自己的企喻歌曲。傲气面对万重浪，热血好似红日光。胆似铁打，骨如精纲，胸襟百千丈，眼光万里长。真正的好男儿，当有阳光一样的气息，有大海一样的胸襟，有飓风一样的力量。《企喻歌》写得很是明亮，就好像军队中嘹亮的号角，让人听到后振奋不已。北朝是少数民族建立的政权，故而北朝的人们大多过惯了自由自在的游牧生活，在马背上的人生必然会比踏步在陆地上的前路更加苍劲些，然而也更多了几分漂泊意味。

北朝鲜卑族作为游牧民族，本就有很强的尚武精神，在征战连连的时期，男人上马打仗成了天经地义的责任。他们用大刀和马匹，征服了当时的整个北方地区。魏太武帝带领着鲜卑族开始在北方土地上展开漫漫征程，而伴随着他们征战生涯的，便是这嘹亮的军歌，无时无刻不在给予他们勇气和力量。

男儿欲作健，结伴不须多。

鹞子经天飞，群雀两向波。

无名氏《企喻歌》

战争多半因帝王的欲望而起，为了扩张自己的权力，极力通过战火来膨胀自己的疆土。然而，披荆斩棘冲上战场的永远都是不知名的兵士。他们置身于各民族之间的厮杀中，为民族利益付出生命。可其实，最终留下的只有这一首早已没有曲调的民歌，只有这段民歌记住了那个时代，那片土地上，发生过怎样惊天动地、惨烈悲壮的战役。这首民歌简单质朴，风格悲凉慷慨，诗中与生俱来的"仰天长啸，壮怀激烈"将人带入古老的战场，体味那个时代的豪放。《企喻歌》属于《乐府诗集·横吹曲辞》中的《梁鼓角横吹曲》。这是一种马背上演奏的音乐，属于军旅乐府诗歌，最初流行于北方的少数民族之间，后来因为迁徙和战争，才逐渐流传到汉族。

作者是谁，已然无从考证，但从那泛黄的纸页上，那通俗质朴的字里行间，可挖掘出与那个时代有关的诸多信息。"男儿欲作健，结伴不须多"，开篇便是建功立业的雄心壮志。真正的英雄豪杰要追求大作为，结交朋友贵精而不贵多，切要有识别真正朋友的鉴赏力，有鹤立鸡群的自我欣赏精神，有舍我其谁的狂傲气概。这样的诗境已经脱离了仅在战场上厮杀的框子，塑造了一个特立独行的剑客形象，少有人能与之比肩，罕有人是其敌手。

他们有苍鹰展翅的意蕴，甚或鲲鹏长飞的气魄，向既定的目标勇敢地去追寻，再多的敌人，再大的困难，也会被自己强劲的翅膀击得粉碎。整首诗歌通俗易懂，作者用最质朴的语调为读者描绘出了一个最为生动的场景。

在那边陲上，西风猎猎，旌旗漫卷，烈马长嘶，如若在这般情景中，万人的军队齐唱这首豪壮的军歌，定叫敌人心胆俱裂，弃甲而逃。北国大地冷眼旁观，任由这些人在其上厮杀、争夺。人来人往，白骨森森，一任其凋零，繁盛，再凋零。破败如何都与这片土地不相干。拓跋氏率领着部众在这片土地上南征北战，培养出了无数的勇士，然而，这些勇士无法在厮杀的背后看到即将凋谢的王朝，他们无法想到，终有一日，他们厮杀得来的时代会通过同样的方式，相送于他人，历史就是如此，循环往复间看不见世事奔流。

整个北朝的历史就是一部战争史。男人不过是战斗的机器，一旦成年便一生与战争为伴，九死一生。活下去的渴望，对家人的情感牵绊，使出征的战士每一刻都在死亡的恐惧中徘徊，无人能够例外。有战争自然有牺牲，那横躺在荒漠中的每一具尸体，都唱着一首关于生命的挽歌。同为《企喻歌》，这一首少了上一首的意气风发，更多的是凄惶与悲苦；同为北方大地所见证，那些英勇的代价，换来的便是这无边无际的白骨。在那个动荡的年代，一再展示的便是这样天道循环的场景，人其实真的太渺小了，小到一击便溃败。

> 男儿可怜虫，出门怀死忧。
> 尸丧狭谷口，白骨无人收。

无名氏《企喻歌》

每个男人心中都有一个侠客梦，希望一路侠客行，十步杀一人，千里不留行。然而，一场战争下来，千万人死亡，尸横遍野，血流成河，而下一场战争很快要来临，未死的人连埋葬同伴尸首的空暇都没有。无论敌我，战死的人都暴尸荒野，任山乌啄食，任日晒雨淋，无处安身，连灵魂都不能归家。

他们在厮杀中改变着别人或者自己的生活。他们以为自己可以改变整个王朝的变迁，其实他们不知道，是王朝的变迁在改变着他们。杜甫在《兵车行》中写道："信知生男恶，反是生女好。生女犹得嫁比邻，生男埋没随百草。君不见青海头，古来白骨无人收。新鬼烦冤旧鬼哭，天阴雨湿声啾啾！"故而，大好男儿会发出"可怜虫"的凄怆自嘲，也是情有可原。

随着战事的推进或者停滞，他们建功立业的雄心也开始慢慢动摇。一朝的荣耀有可能在顷刻之间便毁于下一场战事，动荡的时局使得一切都变得变幻莫测，无法预料。而这首民歌，便是那最难预测的结果。据《古今乐录》中记载，这一首民歌是前秦皇帝苻坚的季弟苻融所写，此人文武全才，德才兼备。他多次率领军队出征，四处征讨，他的铁蹄，也不知踏过多少勇士的荣耀和希望。而这个男人却在高高的马背上，看到了被他抛在身后的滴滴血泪。

世间之事，自是公平至极。欲要成为流传千古的英雄，自当不惧生死。战争本就残酷惨烈，弃尸荒野亦属寻常。如此看来，苻融从心里认定，在战场上，死亡无可避免，无法规避。与其战战兢兢，倒不如坦然迎接，做一个顶天立地的男子汉。

该成就的必然会成就，该归隐的自然要归隐，该没落的势必会没落，该遗失的便是无法找回的。苻融在司空见惯的语调中描绘出了一个悲壮的场景。这位王爷或许能体会出悲凉的气氛，只是那份风骨，令他软弱不得。

战事不堪回首，在惨烈的结局中陡然结束整篇诗歌，令人于平淡之中体会到悲壮之感。狼烟卷起，剑气如霜，多少手足忠魂埋骨他乡。男儿当自强，然而有多少男子，在那个纷乱的时局中，遭受了无措和茫然的境地。

叹恨羁旅，魂牵故国

南朝梁使臣庾信的人生从他四十二岁出使西魏为一个节点，可以分为两段，前半生雕栏玉砌，全是得意少年郎的意气风发，后半生一朝沦落，竟是几经飘零的苦涩难耐。

因为突然遭逢了家国的变故，庾信的诗中总有着那么一种难言的愁绪，他就好像一个行吟诗人，在北国漫漫无际的土地上低声吟唱，他遇见了高高在上的理想，却也邂逅了沉重丑陋的打击。少年的庾信早早地称霸文坛，他清新的诗风让那些浓词艳曲羞愧而去，给一向奢靡的宫廷注入新的骨血与生命。

时局的动荡，使得庾信的诗歌总是惆怅到令人哀婉，他后半生因为故土的沦陷和自身难保，所做之诗多是抒发抑郁之情，惹得后世无数人对这位才子的不幸人生和尴尬境遇摇头叹惋。杜甫说他是："庾信文章老更成，凌云健笔意纵横。"如此看来，庾信后期的诗作是杜甫所赞赏的，或许是因为他们有着相似的人生，都是经历过繁华凋零的人，故而更懂得在诗词中惺惺相惜。

然而，庾信的笔锋没有丢弃早年的雍容华贵，纵然在亡国之后，庾信四处飘零，但所写的诗歌，依然带有显贵的气息。他在自抒胸臆，表述对故土的怀念之时，又因游移不定的性格缺陷，使得诗歌的基调显得沉痛而悲戚。

俎豆非所习，帷幄复无谋。不言班定远，应为万里侯。燕客思辽水，秦人望陇头。倡家遭强聘，质子值仍留。自怜才智尽，空伤年鬓秋。

庾信《拟咏怀》二十七首（其三）

这一首《拟咏怀》是庾信对于自己处境的哀叹。庾信纵然文笔卓越，且富有风骨，却不及其他刚健文人那样坚硬。前路已然是断壁颓垣，后路又被阻断，在这般情境下，有人或许会一鼓作气，冲出重重包围，开辟一个崭新的世界；也有人或许会退出这个混沌的江湖，在山林中悠然度过一生。而庾信左摇右摆，不知道该何去何从。他没有"粉身碎骨浑不怕，要留清白在人间"的决绝，亦没有南唐后主"自是人生长恨，水长东"的绵延。一腔愤懑无处抒发，只得写进诗歌中，聊以寄托情怀。

他并非贪生怕死之人，只是梦想比想象中更遥远，世道比想象中更艰难。亡国的痛苦和羁旅的惆怅，都让这位诗人无法释怀。他才华横溢，荒乱的时代却无法许他一个可以散发万丈光芒的舞台，无奈之下，他只得在沉沦中空叹息，越陷越深。清代学者陈祚明在他的《采菽堂古诗选》中提到过关于庾信诗歌的特点，便是"情纠纷而繁会，意杂集以无端"。在看不到柳暗花明的情势下，庾信只能自哀自怜。在错误的时间里被放到了错误的位置上，庾信所要承担的已经不仅仅是命运加在他身上的重负了。

这种错位令这位才华横溢的文学家痛苦不堪，纵然改朝换代后，朝廷为了稳固根基，会拉拢有才华的人，庾信也会因此而找到新的舞台，演绎属于自己的精彩戏剧，然而这对自视清高的庾信而言，无疑是一种诋毁与侮辱，让他心生难堪与尴尬。

摇落秋为气，凄凉多怨情。

啼枯湘水竹，哭坏杞梁城。

天亡遭愤战，日蹙值愁兵。

直虹朝映垒，长星夜落营。

楚歌饶恨曲，南风多死声。

眼前一杯酒。谁论身后名？

庾信《拟咏怀》二十七首（其十一）

在此诗中，庾信借悼念梁元帝的江陵之败与梁朝灭亡的悲剧，抒发痛定思痛的怀念故国之情。字里行间满是无奈与悲切，庾信将一切归于天意，他自己却无法逃脱天意的安排。在余生中，这位才思敏捷的诗人，对于他朝的重用总是感到如坐针毡。

气节、风骨、文人的脊梁，左右着庾信的心思。纵然他受到北周的重用，加官晋爵，且被封为了文坛宗师，但这一切的物质嘉奖并不能填补庾信内心的空缺，他无时无刻不在思念着故土。他哀叹自己不能为自己应效力的朝代尽职尽责地奉献，却在他朝绽放出异彩。

他被迫留在了北方，一生没能归还，他就是在这样矛盾的心情中度过了一生中最后的时日，最后怨愤而死。

寒园星散居，摇落小村墟。游仙半壁画，隐士一床书。子月泉心动，阳爻地气舒。雪花深数尺，冰床厚尺余。苍鹰斜望雉，白鹭下看鱼。更想东都外，群公别二疏。

庾信《寒园即目》

庾信在长安城内有一座游园，小巧精致，是他常去的休憩之所，也是他无常的人生路中较为平静的地方。在游园中，庾信度过了他一生中最为悠闲的日子，这段日子也给了他勇气面对日后的苦难。在那些陈陋的景色中，庾信的感情真实且深沉，语言的精练中融合了充分的表现力，将庾信内心丰富的情感展露无遗。

而最能体现庾信内心悸动，将人世无常、壮志难酬的愤懑淋漓尽致展现便是这一篇《哀江南赋》骈文。文章气势凛然，对仗工整，宣泄哀伤之情如银河落地，表现愁肠之意则百转千回，不失为一篇上品。

日暮途远，人间何世！将军一去，大树飘零；壮士不还，寒风萧瑟。荆璧睨柱，受连城而见欺；载书横阶，捧珠盘而不定。钟仪君子，入就南冠之囚；季孙行人，留守西河之馆。申包胥之顿地，碎之以首；蔡威公之泪尽，加之以血。钓台移柳，非玉关之可望；华亭鹤唳，岂河桥之可闻！

庾信《哀江南赋》序

　　此赋为庾信后期所创作，真挚的情感与匠心独运的文笔相结合，字里行间无不透露出不可言说的哀伤。挥洒自如的文字中，自可窥见庾信当时悲痛的心事。庾信一生命运多舛，出身名门却家道中落，人到中年却历经丧乱，欲报效国家却功亏一篑，最终不得不羁旅异国，终生不得还乡。故而，这一篇序表面是在写日暮西山，路途险阻的担忧，实际上是在抒发国亡家灭，身不由己的悲哀。他的不合时宜并不是自己选择的，却要独自承担由此而生的无尽的悲痛。

　　短短百余字，写尽了人间的无常变化，却道不尽自己心中的仓皇无措。

叶落无根，愁思茫茫

　　世人都知晓皇帝金口玉言的随意，清楚锦衣玉食的舒适，懂得后宫三千脂粉的奢华，又有几人了解深宫之内，君臣之后父子难表深情的那份无奈。生在帝王家荣耀背后的冷漠和责任，注定了皇家之人的无情。在天子之家无论何时，君臣之后才是父子。

　　在那个荒唐的南梁王朝，一片旖旎的乱世风景中，萧综作为梁朝的二皇子，实在是背负了太多的包袱。

　　历历听钟鸣，当知在帝城。西树隐落月，东窗见晓星。雾露朏朏未分明，乌啼哑哑已流声。惊客思，动客情。客思郁纵横。翩翩孤雁何所栖，依依别鹤半夜啼。今岁行已暮，雨雪向凄凄。飞蓬旦夕起，杨柳尚翻低。气郁结，涕滂沱。愁思无所托，强作听钟歌。

萧综《听钟鸣》

　　原本应当在梁国境内安享荣华的萧综，作此诗之时已独自置身于北方遥远的洛阳城内。在那里，他已经不再是萧综，而是更名改姓，成了北魏的丹阳王，名叫赞。

　　由南到北，历经的已经不仅仅是居所的转换，还有心路的跋涉。在走完这段路程之后，萧综已经彻底地告别了之前几十年的梁朝二皇子身份，来到洛阳。他成了陌生的丹阳王，为他的敌人效力，这一切的改变仅仅是因为一场皇室之间的杀戮和争夺。萧综的母亲本是齐东昏侯萧宝卷的宠妃，但因梁武帝萧衍的入侵，齐国家破人亡，她因姿色绝艳而委身于萧衍，七个月后，便生下了萧综。宫中人自然纷纷传言，说萧综是萧宝卷的骨肉，是前朝的余孽。但因萧综母亲极力否认，此事也便搁浅。

然而，谎言最终无法持续太久。萧综之母因年老色衰，日渐失宠，又因萧综自幼争强好胜，对梁武帝偏爱太子之举甚为不满，一再心生怨言。这对郁郁寡欢的母子在悲愤之中，竟然追溯出了这段惊天的秘密，萧综本是萧宝卷的亲子，只不过为了保存性命，萧综的母亲才不得不撒下了这个弥天大谎。

这个事实太过荒谬，太过残酷，以至于萧综一时无法接受。为了证实母亲之言，他甚至几次潜出城外去齐东昏侯的墓前，挖出骨骸，滴血认亲。历史传言，当萧综的血液滴在齐东昏侯的骨骸上时，竟然渗入其中。这使得萧综不再怀疑母亲之言，认定自己是齐国遗子，却认贼作父，成了敌人的儿子，故而心生怨恨。萧综在历经多次心理挣扎之后，毅然决然放弃他生活了多年的梁朝，投奔了北魏。然而，在那片陌生的土地上，他并没有找回应有的快感，反而倍感失落，就好像无所依靠的孤雁一样，彷徨自顾，茫然失措。

他在诗中的结尾处写道："气郁结，涕滂沱。愁思无所托，强作听钟歌"，于萧综而言，此时那剪不断、理还乱的愁思，皆因自己背叛梁朝而起。旧伤还未愈合，新愁随风潜入胸口，他在陌生的土地上，依然无法找到心灵的归宿。

他本不该是一个睚眦必报的狭隘小人，却因知晓自己身世后，内心涌起了无法平息、无法抑制的报复浪潮。更何况梁武帝在得知真相后，无情地毒害了他的母亲，这使萧综再没有后路可退。于是，他只得一往无前地沿着自己选择的这条道路前行，不论是沟壑还是峭壁，他都无法再回头。一首《听钟鸣》像极了萧综曲曲折折的难言心事，而另一首《悲落叶》更是像萧综预见到自己的结局似的，道出了眼波深处的无言痛楚。作为一个男人，建功立业自然是理想目标，然而萧综被仇恨蒙蔽了双眼。他来到北魏之后，才渐渐发觉，自己就如同这秋日的落叶一般，四处飘零，始终无法找到归宿。他背叛了梁朝，欲要在北魏这片新的土地中长成参天大树，却不曾料到，他早已失却了萌芽的根基。

一次背叛，终生再无信誉而言。萧综为自己挖了一个无法攀爬的大坑，他奋身跃下之后，才发现，这是一个埋葬自己的陷阱，呼救已然来不及。身世的尴尬，让他心间燃烧起仇恨之火，以至于最终失去人生的方向。他始终无法察觉，在仇恨的种子埋下之时，悲剧便已悄悄萌芽。

最后不但湮没了敌人，也荼毒了自己。

悲落叶，联翩下重叠。重叠落且飞，纵横去不归。长枝交荫昔何密，黄鸟关关动相续。夕蕊杂凝露，朝花翻乱日。乱春日，起春风，春风春日此时同。一霜两霜犹可当，五晨六旦已飒黄。乍逐惊风举，高下任飘飖。悲落叶，落叶何时还？夙昔共根本，无复一相关。各随灰土去，高枝难重攀。

萧综《悲落叶》

诗歌从秋风落叶写起，层层叠叠铺出了诗人内心的忧伤。萧综以落叶自比，看透了没落者的命运。人世间事反复无常如转蓬，齐被梁灭，梁被魏围困，权力之间的争夺永无止境，而萧综曾经单纯的日子在这争夺中早已丧失殆尽。于他而言，命如草芥，他早已明白无论是当日的二皇子，还是今日的丹阳王，都是一场无法醒来的噩梦。

"夙昔共根本，无复一相关。各随灰土去，高枝难重攀。"今夕，昨夕，南梁皇子无可奈何的苦闷心情，随着诗句的起伏跌宕，绵延着痛惜，哀婉地吟唱着。过去带着柔软而细腻的光辉在远处摇曳，只是萧综再也无法触摸。那段在他乡故土上思念往昔的岁月，也所剩无几。萧综的人生在短短的辗转中，很快走到了尽头。大通元年（527），东昏侯萧宝卷的六弟萧宝寅在长安起兵反叛北魏，萧综匆匆前去投奔，可惜路途之上便被魏军俘获处死。

这样的男人落得如此结局，也算是咎由自取，只是可惜了他那不容小觑的翩翩文采。因为人世的不如意，而使得萧综选择了这样一条道路，与其说是"天妒英才"，倒不如看作是"浮生一梦"。

谁能料到曲终人散后会是这样的结局，也罢，不如就以萧综的诗句"纵横去不归"结尾。这些繁芜王朝中的人们，最终扼断了自己的命脉，对他们来说，一首曲高和寡的诗词，也算是他们留给那个沉沦时代的一抹色彩。

血染大漠，空写丹青

在这个世界上，生命有时并不完全属于自己。

"身体发肤，受之父母"，生命是先祖的恩赐，当一个人的生命需要为某种目的做出贡献之时，应当是义不容辞的，因为这是自身血统所赋予的，难以推卸掉的责任。作为鲜卑族的后裔，北周赵王宇文昭的女儿——千金公主似乎比任何人都更有理由效忠于她的皇朝，因为她不但是子民，更是主人。

在北周最后的时日里，千金公主度过了她一生最快乐的时光，无忧无虑地研习琴棋书画，变得深明大义，聪明机警。只是世人从来都不明白，欢乐为何乍现便凋零，为何走得最快的总是最美的时光。命运多舛，道路弯曲，公主走过清丽曼妙的豆蔻年华后，便迎来忧愁万丈的幽暗光阴。落在百姓家的寻常女子，总是艳羡帝王之家的公主，总以为身居富丽堂皇的宫殿，衣食无忧，却不曾知晓，命运在赐予她们荣华富贵之时，亦赋予了她们更大的灾难。

公元580年，北周已经因为武帝去世而日益衰退，在悬崖峭壁上摇摇欲坠，统治者为稳固江山着想，最终选择和亲，不用动一兵一卒便能解决问题，何乐而不为。千金公主无疑成了下嫁人选，要用瘦弱的肩膀承担起一个国家的重量。她本是一只在春日花园中翩跹而飞的彩蝶，却生生被和亲折断了翅膀，远嫁给突厥首领沙钵略可汗，这如何不让人悲伤。

她不是在后宫中苦熬幽禁岁月的王昭君，而是获得宠爱万千且娇滴滴的千金公主。她绝对没有主动离开的意愿，只因是皇室子女，便不得不接受命运的安排。生命在此时显得尤为脆弱，又分外强大，为了祖宗基业的稳固，千金公主毅然用她柔弱的身躯去换取这最后的一点点和平。

她远走大漠，前往突厥，如同所有其他和亲公主一样，千金公主淡然地守着自己的丈夫和子民，就好像戈壁上的一块磐石，在风沙中慢慢老去。

故乡的血液就要在她内心流走殆尽时，命运又一次做出了令她震惊的安排。她在千里之外，听闻远在故国的亲人皆被荼毒，国家也已灭亡。彼时北周已然步履蹒跚，国丈杨坚看准时机而独揽大权，企图坐拥江山，登上皇位。赵王察觉后起兵反抗，却落得诛杀九族的下场。这份血海深仇令远在异乡的千金公主悲恸不已，她发誓要为亲人、家国报仇。自此之后，千金公主不再只是安守家园的贤妻良母，而是在暗地里策划复兴国家的大业。世事无常，无从把握，千金公主在得知家国亲人惨况的那一刻，命运便迎来了转机。前方是一马平川也好，是穷途末路也罢，她都义无反顾地向前奔去。

千金公主的复仇计划在暗中展开，而远在中土的杨坚自然也不会视若无睹，只不过因内外不得兼顾，故而没有更多的干预。心思玲珑的千金公主自然知道杨坚实力雄厚，自己若与他硬碰也是以卵击石，她便调整策略，以柔克刚。

她忍痛向杨坚请求做其义女，雄才大略的杨坚怎会不知她的心思，但因当下忙于稳定国内根基，无暇顾及突厥，便同意收千金公主为义女，赐公主姓杨，且封她为大义公主，希望她可以人如其名，深明大义，帮助隋朝和突厥建立起友好的关系。此时的千金公主不过二十岁的年纪，却要忍受更改姓氏，向仇人俯首称臣的屈辱。但她深知唯有如此，方能向杨坚表明自己的忠心。纵然千金公主对杨坚恨之入骨，但为了报仇雪恨，也只得强装笑脸。看着昔日的皇朝被历史掩埋，新的王朝迅速崛起，想来这位公主的内心一定心如刀割，毕竟北周是她的父辈们辛苦打拼出来的天地。

即便这个皇朝将她作为维护国家的工具，远嫁突厥，但深明大义的她内心怎会生出埋怨。况且血脉相连，她始终无法停止对故国的思念。然而，杨坚的一场政变生生将这份牵连隔断，这如何不让这位以家为重、以国为重的女子伤身。昔日的千金公主，今朝的大义公主，她已经彻底改变了自己的生命轨迹。开皇九年（589），隋攻灭南方的陈，杨坚为了施恩与怀柔，特地送给了大义公主一面从陈叔宝的后宫搬出来的屏风。离开中土多年的大义公主看到屏风时，内心波澜翻滚，不禁想到陈的覆灭与北周何其相似，自己的命运何其悲惨。深彻似海的悲伤无处宣泄，冰凉蚀骨的境遇无法改变，千金公主痛苦难抑，提笔在屏风上写下了这首无尽伤感的诗篇：

盛衰等朝暮，世道若浮萍。荣华实难守，池台终自平。富贵今何在？空事写丹青。杯酒恒无乐，弦歌讵有声。余本皇家子，飘流入虏廷。一朝睹成败，怀抱忽纵横。古来共如此，非我独申名。惟有《明君曲》，偏伤远嫁情。

——千金公主《书屏风诗》

故国不堪回首月明中，大义公主对于自身的命运和北周王朝的覆灭充满了悲戚。她蛰伏突厥，忍受着几经改嫁的屈辱和离乡的苦楚，这一切的苦难带给她的悲痛在这一面屏风的面前土崩瓦解。

大义公主在凉薄的人间早已看透花开必败，世事无常，往事终究会如烟如雾散去。她写诗本是抒发心中苦闷，道出睹物伤情的忧郁之情，却不曾想到，此诗竟然成了自己的绝命诗。当远在隋朝的杨坚得知大义公主所提的诗歌内容后，勃然大怒，他对号入座地认为大义公主在诗歌中所讲到的虏廷便是隋朝，故而恼羞成怒，起了杀心。彼时沙钵略可汗已经去世，其子突利可汗再次要求与隋朝联姻，不料杨坚说道，如果要联姻，就得杀大义公主。

于是，一场阴谋便在大漠进行，一直积极筹备复国的大义公主在丝毫没有防备的情况下，被暗杀在黄沙大漠之中，血染天边。这个女子就这般呈现出最壮烈的一生，这是她在荒无人烟的大漠中对故国的最后一次献礼。

千金公主自有风骨，是无与伦比的女中豪杰，却因为生不逢时的境遇而屡受蹉跎。她的内心坚毅如霜，如若不是命运捉弄，只怕他日后锋芒毕露，也会是一枝傲雪寒梅。

卷八　此生唯愿与君同

风度翩翩的才子，亭亭玉立的佳人，一个个朱唇微启，轻吐才气，满是诗情。他们如世间尘埃，久附于古诗书文，让我们体会情感的温度，听他们倾诉不了尘缘。

物是人非，至亲至疏

一个人的一生本就如同一出戏、一场战争，自有其悱恻缠绵，壮阔激烈之处。而一场理想的婚姻对一个人来说就如同身处于太平盛世。古时，女子的世界极狭小，未嫁从父，出嫁从夫，夫死从子，绕来绕去，绕不过"三从四德"的框框。那时的世间多的是为爱为情的女子悲歌，若是嫁得有心人，则是此生为女子莫大的幸运与安慰。

然而，世间爱情之事多半在绮丽中开始，在黯淡中落幕。

> 室中是阿谁？叹息声正悲。（贾）
>
> 叹息亦何为？但恐大义亏。（李）
>
> 大义同胶漆，匪石心不移。（贾）
>
> 人谁不虑终，日月有合离。（李）
>
> 我心子所达，子心我所知。（贾）
>
> 若能不食言，与君同所宜。（李）

贾充《与妻李夫人联句》

这是一首诉说离别之情的诗歌，缠缠绵绵又依依不舍，诗人和妻子仿佛都不知晓该如何安顿自己的零乱心情，一人一句地表明各自的心迹。此诗中并没有华丽的词句，就如最平常不过的夫妻对话，其中却有着道不尽说不完的缠绵与深情。贾充一句"室中是阿谁？叹息声正悲"，奠定了全诗悲戚的感情基调。想来贾充口中的"室"便是二人日常所居住的卧室，于其内，他们或是默然相对，或是吟诗作赋，或是互诉衷情，而如今贾充却听得妻子连连叹息。

都说古时的女子"无才便是德",然而贾充的结发妻子便是兼具美貌、才情、德行的奇女子,她名李婉,本是魏国的尚书仆射李丰之女,却因朝纲变动,李丰被当时掌握政权的司马氏所杀,致使家人受到牵连,被发配边疆。早已嫁为他人妇的李婉也不能幸免。

分别在即,感情一向融洽的贾充和李婉自然免不了悲戚一番。这场意外来得太过仓促,令人始料未及。李婉声声叹息,不过是因为夫妻情分就会到此终结。难怪李婉会生出这般念头,古时女子本就地位卑微,更何况如今她是戴罪之身,今朝别离,或许终生不复再相逢。

然而,贾充那番山盟海誓的表白,让李婉不再担心。世人想象得到,李婉是带着爱与安心离开的,在塞外的风沙冰霜里来去,而因为心中盛满爱情,她的心犹温热。这是典型的联句形式对诗,联句据记载始于汉武帝时期,因为是两人或多人,一人一句共同完成的诗歌,故而称之为联句。贾充和李婉通过这样的方式互表衷心,他们在对诗之时,或许没有意识到誓言如同泡沫,不堪一击。这个世界终究要辜负痴情女子卑微而渺茫的心愿。

李婉离去不久,贾充便将那感天动地的誓言抛之脑后,张灯结彩地续娶了郭槐。然而,就在贾充的生活日益恢复平淡之时,晋武帝即位,李婉获得大赦,得以归家,且特地下诏,让贾充设立左右夫人来安置李婉和郭槐。然而,贾充最终还是背弃了自己"大义同胶漆,匪石心不移"的誓言。

郭槐出于嫉妒不允许李婉和她并列夫人之位,贾充也因惧怕郭槐而迟迟不肯将李婉接回家,最终李婉便被安置在永年里的一座旧宅内,自此贾充与她不再往来。昔日华丽的承诺,如今化为了一纸空谈;曾经如同胶漆的两人,如今竟似陌生人,真如李冶所说:"至高至明日月,至亲至疏夫妻。"在与爱情邂逅的最初时刻,总是有着天长地久的许诺,只是,最终往往花事了无痕。与其如此,倒不如潇洒死去,反而能留下长长久久的怀念,就好像潘岳对他的妻子一样,生命不枯,思念便不竭。

荏苒冬春谢，寒暑忽流易。之子归穷泉，重壤永幽隔。私怀谁克从，淹留亦何益。僶俛恭朝命，回心返初役。望庐思其人，入室想所历。帏屏无仿佛，翰墨有余迹。流芳未及歇，遗挂犹在壁。怅恍如或存，回惶忡惊惕。如彼翰林鸟，双栖一朝只。如彼游川鱼，比目中路析。春风缘隙来，晨霤承檐滴。寝息何时忘，沈忧日盈积。庶几有时衰，庄缶犹可击。

潘岳《悼亡诗》三首（其一）

潘岳悼念妻子杨氏的诗歌共有三首，此是第一首，大概作于杨氏亡后第一年，荏苒冬春谢，寒暑忽流易，时光的流逝并没有减弱潘岳对妻子的深爱，反而因为时间的积淀，更为深沉厚重。杨氏是西晋书法家杨肇之女，姿容俏丽，甚是惹人喜爱。潘岳十二岁之时，便与其订下婚约。两人结为连理之后，相濡以沫，琴瑟和鸣，在旁人看来当真是极为登对的一对璧人。执子之手，与子偕老，于他们而言，是极为自然的事情。只是，天不遂人愿，度过二十四年的幸福生活后，杨氏便因病去世，独留潘岳一人面对这荒凉的世间。"僶俛恭朝命，回心返初役。"他本想留在家中陪伴妻子的亡魂，却因公事繁忙，不得不离家远去。

后人提及潘岳的悼亡诗，皆云其感情"淋漓倾注"。深情似海，故而思念不绝，伤痛不止。贾充与李氏之离别诗，亦是缠绵悱恻，令人读之落泪，然而贾充让誓言变成谎言，甚至他与李氏的一对儿女跪地请求他去看望李氏时，贾充依然冷心冷眼，不为所动。

在冰冷的事实面前，再情深的诗句也只能是空留墨香了，杨氏如果不去世，待到人老珠黄之时，潘岳是否还会对她怀有深深的眷恋，还是会像贾充一样另觅新欢？世间不存在假设，后人也无从知晓潘岳的答案。然而，可以肯定的是，杨氏的死亡留给了潘岳无尽的思念，而苟活的李婉令自己和贾充都陷入了万劫不复的尴尬境地。"庶几有时衰，庄缶犹可击。"潘岳想效仿庄周，冷淡对待妻子离世的事实，只是情深如许，他越是想要忘记，记忆便越是深刻，令他愁锁眉心，不得舒展。唐朝诗人李商隐叹息道："只有安仁能作诔，何曾宋玉解招魂。"潘岳成了多情男人的代表，而贾充则背上了薄情寡义的恶名。其实谁是谁非，这各种缘由也不必多探究了，反倒是留下的这两首多情诗歌值得后人反复玩味。

归期无期，思念不绝

世间最美好的事，莫过于遇见一个倾心人，而后执手相伴，度过苍茫的一生。然而，这般事情美则美矣，却抵不过一场别离。看着心爱之人渐渐远去，留在原地的人，便只得在思念与等待中，度过漫长幽暗的时光。归期不可期，相思不可绝，这般苦楚滋味，想必古时多半女子都体会过。

西晋人苏伯玉前往蜀国（今四川省）服吏役，久不归家，妻子在长安思念不已，便将心中所思化为笔法，描绘在盘子之中，寄托自己的思念之情。明人胡应麟说它"绝奇古"。其实，抛开这层层华丽的外衣，这只不过是一个妻子最为平常的思恋。

山树高，鸟啼悲。泉水深，鲤鱼肥。空仓雀，常苦饥。吏人妇，会夫希。出门望，见白衣。谓当是，而更非。还入门，中心悲。北上堂，西入阶。急机绞，抒声催。长叹息，当语谁。君有行，妾念之。山有日，还无期。结巾带，长相思。君忘妾，未知之。妾忘君，罪当治。妾有行，宜知之。黄者金，白者玉。高者山，下者谷。姓者苏，字伯玉。作人才多智谋足，家居长安身在蜀。何惜马蹄归不数。羊肉千斤酒百斛。令君马肥麦与粟。今时人，智不足。与其书，不能读。当从中央周四角。

苏伯玉妻《盘中诗》

此诗见于《玉台新咏》的第九卷。《古诗源》中提道："使伯玉感悔，全在柔婉，不在怨怒，在深于情。"又说："似歌谣，似乐府，杂乱成文。而用意忠厚，千秋绝调。"可见，对这首诗的评价之高。

《盘中诗》之所以能令无数后人欲罢不能地欣赏，奇妙之处便在于它的文字排列顺序，从中央到四周盘旋回转，好像珠走玉盘，屈曲成文。虽然最初的图片早已失传，但是从后人对于它的复原图片来看，苏伯玉妻子的思念之情并非一般人可比拟。

作为一首简单质朴的爱情诗歌，《盘中诗》在诗歌的最初用三字比兴，将对丈夫的思念，通过山林高木、悲鸟啼鸣、泉水深深、鲤鱼肥硕表达出来。因为栖息在树林里的飞鸟饱受着寒风的折磨，所以才悲鸣不断，而在泉水中游乐的鲤鱼，正是因为鱼水之欢，所以才能长得肥硕。这位妻子巧妙地告诉丈夫，她就犹如那得不到滋润的飞鸟一样，在长安翘首等待远方的丈夫，而人比黄花瘦。这份刻骨的相思在盘中回旋写下，那循环的不仅是文字，还有妻子似海深的爱恋。佛语有云：色即是空，空即是色。然而，奔走于熙熙攘攘的凡尘俗世，有谁能不食人间烟火；在十丈红尘中周旋生计，又有谁能逃开一个"情"字；一旦尝过爱情的滋味，谁还能抑制住思念的情愫。

苏伯玉之妻并非天生便有一颗妖娆不定的心，她不是那个前生被牧童所救的白蛇，今生为了报恩才来到苏伯玉身边。她只是一个平凡的女子，行走于滚滚红尘，她只是以爱谋生，用细腻的呵护取暖。一颗凡心如起风的湖面生出波澜时，她便将情感寄托在诗歌之中，用这种唯有她才能想得出的方式，告诉苏伯玉，她的思念与时光同在，从未改变，亦不会断绝。这个女子用自己的蕙质兰心，为她远在蜀地的丈夫绘制出了一幅思恋图。

如若苏伯玉有心，定然会风尘仆仆地赶回。他们尘缘未了，情思未绝，即便苏伯玉久不归家，妻子仍是对他一往情深。"出门望，见白衣。谓当是，而更非。"苏伯玉之妻猛然听到门外响起嗒嗒的马蹄声，以为是丈夫归来，便兴奋地飞奔出去，欢欣之余竟然将路过的身着白衣的男子当作丈夫，待对方走远后方才回过神来，知晓这又是一场梦。

在这漫长的思念与等待中，她未尝不曾担忧过。丈夫出使蜀国，一去数载，迟迟不归，甚至连一封写有只言片语的书信都未曾寄回过，这不免使她害怕丈夫另有新欢，将旧爱忘却。故而，她以坚贞不贰的姿态，为自己树立良好的形象，让远在他乡的丈夫得以放心。在那个不平等的时代，女子想要守候一份感情是如此不易。

而后苏伯玉之妻便对丈夫展开了声声呼唤。她知晓丈夫才情出众，为了让丈夫早日归来，便隐晦地提醒丈夫，不要爱惜马匹，须得快马加鞭地赶回长安来，只因在此妻子早已为他准备好酒肉与宴会。情感至此达到高潮，整首诗歌也在此处将要落下帷幕。

"今时人，智不足。与其书，不能读。当从中央周四角。"这句诗与内容无涉，只是简要指明了读此诗的方法。然而，考据下来，不像是女诗人所作，倒像是局外人附加上去的读诗说明。想来她如此热切地期盼丈夫归来，怎会用轻蔑之语指点丈夫如何读此诗。

无论如何，这都是一首巧妙的诗歌，是苏伯玉的妻子用智慧唱出来的诗歌。个中意味想来只有苏伯玉最能明了，据传这位才子在接到妻子的礼物后，当下快马加鞭，赶回了长安，与妻子团聚。可见夫妻情分，果然在这《盘中诗》中体现无遗。古时男子多以建功立业，光耀门楣为荣，娶妻生子似乎只是为了传宗接代。故而，女子的地位卑微而低下。如苏伯玉的妻子这般痴痴等待觅封侯的丈夫归来的女子，定然不在少数。

爱上一个不回家的男人比爱上一个花心的男人更为凄凉，因花心的男人还能日日相见，而不回家的男人却只能在回忆中重逢。女人天生的敏锐气质使得苏伯玉的妻子用这般婉转的方式，督促苏伯玉回到家中，她这番决绝的心思，只怕是那个时代少有的。这一首诗大多是三字成句，使得整首诗读起来语气急促，不像其他思恋诗歌那样温婉缓慢，反而表现出一种急躁和不安的情绪。这或许也与苏伯玉妻子的心境有所契合，正因为丈夫出门久不归来，所以她的内心才从最初的缠绵委婉，转化成了躁动不安的激烈幽怨之情。

整首诗歌有着几分童谣的意味，这样的思妇诗并不多见。情趣之中透露着倔强，思念之中隐藏着深意。《盘中诗》不像是一首女人对男人祈求怜爱的诗歌，反倒像是一个倔强的手势，孤独地凝驻在时间中。

半神秀异，天妒英才

颜如宋玉，才胜子建，这样华丽美好的男子在历史之中鲜少出现，却每每遗留一份无法言说的壮丽。他们早早辞世，仿佛污浊的世间容不下这样卓然清丽的男子。在魏晋，如斯美男子更是比比皆是。

卫玠，字叔宝，西晋武帝太康年间生人。姿色柔美，堪比沉鱼西施，落雁昭君。不但如此，他还才能出众，是当时著名的清谈名士和玄理学家。因为五胡乱华，诸多名门世族为了保存门户，开始举家迁移到南方。卫玠全家亦是如此，兴师动众地南迁过江，但是路途遥远，本就身体孱弱的卫玠耐不住路途的艰辛，在半道上竟积劳成疾，不幸卒于南昌。

> 卫玠始度江，见王大将军。因夜坐，大将军命谢幼舆。玠见谢，甚悦之，都不复顾王，遂达旦微言。王永夕不得豫。玠体素羸，恒为母所禁。尔夕忽极，于此病笃，遂不起。
>
> 刘义庆《世说新语·文学》

这就是《世说新语》中提到的关于卫玠死亡的一种原因，可见这位才华横溢、容貌过人的男子，却是一个弱不禁风、体格精贵的公子哥。

魏晋之时的人们喜好清谈，对于少年名士有着一种天生的、根深蒂固的喜爱。而彼时爱好美男子更是蔚然成风，许多魏晋男子，皆是容貌出众，才学过人。他们弱不禁风的体格，宽大不合体的衣衫，是后世人们对那个朝代最深刻的印象。

然而，这些男子身上同样也背负了铁血理想和深厚抱负。魏晋之时，社会动荡不安，多半人漂泊在路上，找不到可以避身之所。外表光鲜的士族，亦不再如往常那般气势磅礴。诸多没落的大族后裔，惶惶然过着讨笑的生活，他们出卖容貌，只得依附于更大的家族，方能求得一时安定。卫玠的成名固然得益于他的家族声势浩大，但也同样依赖于他自己的才思敏捷。在玄学中卫玠颇有建树，《世说新语》中记录了一段关于卫玠与人辩论"梦"的对话。

卫玠："人为何要做梦？"

"因为想象。"

卫玠："梦中的事情往往不见于思想，何来想象之说？"

"那是之前的想象。"

对于这样模棱两可的解释，卫玠并不满足，但自己又找不到更好的答案，于是便苦思冥想，甚至生病躺在床上时亦不放弃思索，直至那人为他解释清楚，他才恢复健康。如此看来，卫玠的身体一直都很羸弱。但这并不能妨碍他成就一些事业。在清谈和玄学上的建树使得这位男子饱受赞誉，人们除了对他的才学钦佩，更对他"半神秀异"的容貌有兴趣，纷纷想一睹为快，所以《世说新语》中还记载了另一则故事，也是关于卫玠之死的另一种说法。

卫玠在渡江南下之后，乘坐马车经过市区，因人长得极其漂亮，且负盛名，大家欲要睹其芳容，便蜂拥而至，"观者如堵墙"，使得这位才子受了惊吓。本就瘦弱的身体更是病上加病，很快便病逝，后世流传的词语"看杀卫玠"便缘于此。人生总是悲喜交加，明媚与阴暗参半。卫玠这一生自是雍容华贵，非但形貌昳丽，且富有才情，"卫君谈道，平子三倒"便是对他最好的嘉奖。只是，他的生命犹如春日的花朵，不消几时便纷纷凋落。《世说新语》中出讲到了另一位"妙有姿容，好神情"的美男子——潘岳。

潘岳妙有姿容，好神情。少时，挟弹出洛阳道，妇人遇者，莫不连手共萦之。左太冲绝丑，亦复效岳游遨，于是群妪齐共乱唾之，委顿而返。

刘义庆《世说新语·容止》

这则故事对比性地道出了潘岳的美貌，以滑稽的方式更加能烘托出他的容姿。和卫玠一样，潘岳亦是才情不俗，亦是出身名门贵族。他自幼便受到严谨良好的文学熏陶和教育，"总角辩惠，摛藻清艳"，是名噪一时的神童。

　　只可惜潘岳走上了与卫玠不同的道路，他依附于文人集团以求发展，结果却因政治的颠覆而身败名裂，身首异处。彼时天空中布满的阴云，并没有因为这些人的奋进而散去，反而越积越多，一个柔弱的文人无法改变时代的走向，他们最多只能追随这个时代的脚步，亦步亦趋地前行。

　　潘岳虽然也曾名噪一时，成为"二十四友"中的魁首，但他依然逃不脱时代加在他身上的束缚，最终悲惨地走完了这一生华美的路程。卫玠和潘岳是那个时代最美最柔的身影，不论时代审美观念如何变化，卫玠和潘岳一直是标准的美男子形象。《诗经》中的"山有扶苏，隰有荷华。不见子都，乃见狂且"，便是形容美貌男子如何抢人眼球的。

　　在那个光怪陆离的怪诞时局中，他们二人身姿翩跹地留下遍地的美好。卫玠早逝，潘岳被诛，或许过于美好之人注定无法长久地留在这个粗俗的世界上，故而他们的离去也为世间之人留下几许遗憾，几许向往。虽然潘岳站错了政治队伍，以至于无法善终，但这并不能妨碍人们铭记他出众的容貌与才华。在结发妻子去世后，潘岳写了许多诗文悼念，其中一首藏着深切情意的《离合诗》，更是让后人为之叹息。

　　佃渔始化，人民穴处。意守醇朴，音应律吕。枭梓被源，卉木在野。锡鸾未设，金石拂举。害咎蠲消，吉德流普。溪谷可安，奂作栋宇。嫣然以憙，焉惧外侮。熙神委命，己求多祜。叹彼季末，口出择语。谁能墨识，言丧厥所。垄亩之谚，龙潜岩阻。尠义崇乱，少长失叙。

潘岳《离合诗》

　　这位男子出众的才华多用于诗文写作上，这一首《离合诗》充分展示了这位花样男子内心的悸动和胸中的写意。他对妻子的爱和念，在这首诗中通过藏头减字的方式，汇集为了最后的六个字：思杨容姬难堪。

　　情何以堪，但可能天妒英才，故而，这样一个情深义重、才华横溢的美男子，却在失意中黯然死去。然而，不论如何，他和卫玠，都曾在似水年华中，如花绽放过。

可叹停机，堪怜咏絮

曹雪芹在《红楼梦》中金陵十二钗正册的第一首判词中咏道："可叹停机德，堪怜咏絮才。玉带林中挂，金簪雪里埋。"

其中"咏絮才"便是引用了东晋才女谢道韫的故事，相传这位女子出身名门，当时的宰相谢安是她的叔父，谢道韫自幼便颇具才情，才思敏捷，不让须眉。一日天降大雪，谢安看到后，随口咏道："白雪纷纷何所似？"

兄长谢朗为了展示自己的才华，赶紧顺着谢安的诗句接着道："撒盐空中差可拟。"

随后，谢道韫缓缓而言："未若柳絮因风起。"

《晋书》上记载，谢道韫的这番对白，不但得到了叔父谢安的夸奖，且获得了在场宾客的一致好评，纷纷赞叹谢道韫的才情。

谢家风范在谢道韫的身上得到了很好的展示，谢安对这位侄女宠爱有加，眼看谢道韫出落得亭亭玉立，转眼间已至笄年。这位伯父便亲自出马，为谢道韫挑选乘龙快婿。谢家为享誉当世的名门贵族，她身为贵族千金，也唯有王羲之之子方能配得上，故而谢安便选中了王羲之次子王凝。古时父母之命，媒妁之言便可以决定一位女子的终身幸福，纵使她有千般才情，万种风韵，也只得披上嫁衣，嫁给他人。谢道韫也不能例外。

虽然婚后她恪守妇道，人人称赞，但谢才女对于这桩婚姻始终是抱有怨言的。在一次回家探亲时，谢安问她："王郎，逸少子，不恶，汝何恨也？"谢道韫只说："不意天壤之间，乃有王郎！"

想来外人是无法明白谢道韫的悲哀与不满，谢安只想为他才华横溢的侄女挑选一位门当户对的夫婿，却自始至终没有问过谢道韫到底需要一个怎样的丈夫。她想要的，不过是一个懂她的才情与温情的平凡男子，与她吟诗作赋，替她遮挡风雨。在王家的岁月里，谢道韫依然是相夫教子，写诗作画，这在旁人看来自是逍遥自在，衣食无忧，只有她自己知晓内心满是忧愁与怨怒。

> 峨峨东岳高，秀极冲青天。
> 岩中间虚宇，寂寞幽以玄。
> 非工复非匠，云构发自然。
> 器象尔何物？遂令我屡迁。
> 逝将宅斯宇，可以尽天年。

谢道韫《泰山吟》

并不是所有的女子都如李清照那般幸运，得以遇见与自己心意相通的男子。谢道韫有着丈夫无法理解的才情，即便二人可以相敬如宾地安稳过一生，但两颗心之间如同隔着千山万水，没有相同的频率，更遑论心有灵犀。

在清谈之风盛行之时，一杯茶、一壶酒便可以海阔天空畅谈许久，有时也允许女性加入，而嫁入王家的谢道韫便时常置身轻纱幔帐之后，对客人阔谈不已，令人赞叹。试问这样一个女子如何能在平淡的婚姻生活中安然地走到最后呢？这样的女子又怎会不让她的丈夫战战兢兢呢？《泰山吟》是谢道韫的一首诗作，虽比不得咏絮有名，却也能看出这名女子不同寻常的气势和胆魄。泰山在谢道韫的笔下雄伟壮丽，不但传神且动感十足，质朴之间带有美感，充净之余又有玄远，谢道韫的才情在这首诗歌中得到了淋漓尽致的抒发。

古代才女的诗词以阴柔为多，可谢道韫的这首诗歌却是阴柔少之，刚劲有余，如此看来，谢道韫之所以不满自己的婚姻，多半缘于丈夫的软弱与无能。作为一个强势且能力卓越的女人，如何能甘愿屈居在一个不如自己的男人身边呢？

出身王家的王凝之也实在可怜，周围皆是林立的强者，就连娶的妻子也要比自己高过一截。然而，女子有强也有弱，并不是所有的才女都一味霸道地让自己的才情斩断了男人所有的退路。沈满愿就是一个例外。她大约是吴兴武康人，是沈约的孙女，同样是出身名门之后的她自小便表现出超人的才情。与谢道韫一样，成年后嫁入望族，与门当户对的范靖成婚。婚后二人的感情生活，在历史上记述的并不详尽，但通过沈满愿留下的诗词可以看出一些端倪。

绮筵日已暮，罗帷月未归。开花散鸽彩，含光出九微。风轩动丹焰，冰宇澹清晖。不吝轻蛾绕，惟恐晓蝇飞。

沈满愿《咏灯》

借物抒情，是历代诗人都惯用的写作方式，却总因为描写的事物过于逼真而失去了高远的意境。而沈满愿的这首咏物诗，却能恰到好处地寄情于景，故而后世的人们争相传颂，流传至今。

油灯在沈满愿的笔下散发出拟人的动感，从丰盛的宴席上回来的诗人进入家门，此时已是日暮西山，月朗星稀，于是她点燃一盏油灯。在火石相击之时，火光四溅。在黑暗中飞舞的火花，纵然不如烟花绚烂，但也足以让诗人在那片黑暗中看到一缕暖意，一抹亮色。

烛火被点燃后，室内便盈满了温馨的微光，只不过是一盏小小的烛灯，却被诗人赋予了如此生动的形象，如此看来，在宴席中光彩动人的沈满愿，内心定是孤寂而荒凉。古时，男子处于统治地位，女子因依附于男子，地位卑微低下。即便在风气稍微自由的魏晋之时期，女性被男性统治的局面依然没有得到根本改善。故而，纵然女子再有才华，也只是男人用来游戏的工具而已，谢道韫对于此，总是心怀不满，即便在日常生活中的种种表现合乎常理，体内却时时潜伏着不安分的血液。故而在"孙恩之难"中，虽半老，却仍率领余下众人，坚决地为了家族的利益而奋起反抗。

纵然，她最终赢得了一些让步，但那也只不过是男人透过权力的细缝漏下的一点同情。谢道韫最终孤老山野，她的才情除了让她有过一些盛赞，丝毫没有对她的人生起到过任何作用。而沈满愿应当是中国传统的女性，从她的诗中对于油灯微弱灯光的描述，就能看出这个女子内心对于自己的定位有多卑微，烛火燃烧自己，照亮别人，女人又何尝不是如此，沈满愿似乎是在以烛火自比，表明自己具有自我牺牲的精神。

像谢道韫和沈满愿这样的女子，再多的才情，也只不过是男人们饭后闲话家常的话题罢了。古人说，女子无才便是德，一语成谶。

含垢忍辱, 恩怨殇灭

女人足够美丽时, 可以为自己争取一切, 也可以毁了争取自己的男人; 当男人足够美丽时, 所能争取到的一切, 可能也毁掉了一个时代, 毁掉了自己。

更始二年 (386), 阿房宫中发生巨变, 原皇帝慕容冲被左将军韩延所杀, 新皇帝为将军段随, 称之为燕王, 而慕容冲则被加称谥号为威皇帝。和所有王朝更替一样, 那时候的皇朝依然是强者胜之。所有忠孝仁义的概念在权欲的面前都脆弱得不堪一击, 那时候的人们用了一种更为直接、更为浅白的方式去获得他们心中想要的东西。

慕容冲本是十六国时期的燕国皇子, 因为燕国为前秦所灭, 作为俘虏的他也被带入了关中, 却因为容貌绝色而成为前秦皇帝苻坚的娈童, 供养在后宫之中, 和他的姐姐清河公主一同被苻坚宠幸。

这样的落差仿若一束鲜花自枝头坠入污泥, 支离破碎。男子的傲骨, 皇家的尊严或许都在进入后宫之时被折损、泯灭。他本是前燕国的皇子, 有着似锦的前程, 却因为有着绝色姿容做了前秦皇帝的娈童, 又因为复仇成了西燕国的皇帝, 最后因为忌惮叔父的实力而停滞异乡, 被手下杀害。慕容冲的一生千丝万缕, 理也理不清楚的因果命理, 其实决定的因素是他的性格。历史从不会因为任何人的叹息而改变, 不管后人对于慕容冲如何悲悯, 他的生命在那段乱纷纷的时代里, 早已注定以悲剧收尾。就好像古人久远的文字一样, 晦涩难懂, 只有在某个灵光乍现的瞬间, 才能令人看清其中蕴含的深意。

在适当的时机里, 适当的人沿着各自的轨迹纷纷踏上历史的舞台, 慕容冲却是一个走错了轨迹的人。公元370年, 他经历了人生最为屈辱的时光, 苻坚的肆虐令慕容家族惨遭荼毒, 但活下来的人更加不幸。十六国时期不乏男宠之事, 那时的人们冲破伦理观念的禁锢, 自然之风盛行的同时, 人们开始无止境地去寻觅那些令他们更为新奇的感觉。可是这对苻坚来说, 只是新奇而已, 而对于娈童慕容冲则是无休止的折磨。

任谁也不愿意成为男人胯下的宠物，更何况这个人还是风华绝代的慕容冲，从皇子沦为娈童，其间的跨度仅仅是瞬间而已。亡国的耻辱还没有落下，新的悲愤再次涌起，实在无法想象，一个男人究竟该承受多少苦难，才能历练成凰。

生下来就是一人之下，万人之上的慕容冲一朝之间竟然成为人人耻笑的娈童，那时的长安城内尽是关于他的童谣，"一雌复一雄，双飞入紫宫"。长安城内的上空盘旋着这样的歌谣，经久不息。在卑躬屈膝、谨小慎微的表面背后，是慕容冲极力遮掩的强烈仇恨和欲望，在内心深处，一个十二岁的孩子就经历了这样的艰难跋涉，足见他的内心被扭曲到了何种程度。

虽然苻坚对慕容冲宠爱有加，在他十二岁的时候就封他为中山王，官拜大司马。但再多的恩宠也抵不过这万千耻辱的一丝一毫，慕容冲不是汉朝的董贤，他无法安心与姐姐共侍一君，这位皇子的内心应当是高傲如霜，不然他也不会在被苻坚流放之后还念念不忘地想着要复国。在金庸的武侠小说中，慕容氏的人多是英姿俊美，城府颇深，为了复国大业可以不择手段，最佳的例子便是王语嫣的表哥慕容复。想来也难怪，他们有着这样一位性情迥异的先祖，遗传基因自然也不会使他们正常到哪里去。

慕容冲在卷土重来后将千里中原变为了坟场，他的屠杀似乎只是想证明自己的过去已经无人能够记得，或者是为了洗刷掉数年的屈辱。无论如何，慕容冲在离去又回来之后，已经变成了一个冷血的君王，他杀人无数，将长安城内所有记得那首童谣的人都杀掉，似乎这样，就可以证明自己的清白，证明那段儿时岁月的无辜。

昔日的后宫玩物，今日的铁血将军，慕容冲的转变皆是因为苻坚当日一时好色所遗留下的心理阴影。当慕容冲兵临城下，苻坚送上锦袍，祈求宽恕的时候，慕容冲却是毫不心软，任哪个男人也不会接受这样的求饶。苻坚想利用锦袍勾起慕容冲当日与他床笫之欢的旧情，但他如何能想到，那段日子对任何一个男人来讲，都是耻辱，天大的耻辱。

于是，慕容冲疯狂地围追堵截，想要置苻坚于死地，而此时的苻坚也是盛怒难劝，将城内所有的鲜卑人都处死，双方到了鱼死网破的地步。

慕容家族的俘虏还有那些族人倒在血泊中，城外的鲜卑人更是疯狂的要冲进城去，最终的惨剧无法避免，当流血成了复仇的工具时，代价便是最后的自我牺牲。这是一场被迫的蜕变，他从地位卑微，任人玩弄的娈童，成了可以主宰他人生死的王者，在成了西燕皇帝之后，慕容冲算是历经波折，浴火重生。但这样似乎并没有彻底地拯救他那最初沦陷的灵魂，苻坚害他不浅，竟是令他用了一生的时间去自我救赎，可惜生命悄无声息地便走到了尽头。

那一夜，阿房宫火光冲天，最终的宿命还是难以逃过一死，慕容冲高高在上地盘踞了一年之后，就因为无法满足将士们回归故里的心愿，而被残杀在皇位上，这一切究竟是错在了哪里？

凤皇儿，凤皇儿，何不高飞还故乡？无故在此取灭亡？

慕容冲也是想要回到故乡的吧，但可惜走到了这一步的他根本无法回头。自身的仇恨和国家的沦陷令慕容冲陷入了万劫不复的境地，他拼命挣扎着想要爬出那个深埋他的洞穴，岂料就在他刚看见光明的时候，一切却又铺天盖地地黑暗了下来。

他的灵魂在痛苦中痉挛，没人能看到，人们只知道这只前燕的凤皇儿（慕容冲，小字凤皇），为了报复那几年的娈童生涯，最终赔上了自己的性命。只知道这个前朝之人忍辱负重，最终倾灭了一个王朝。

绝色容颜并不是慕容冲所期盼的，苻坚的好色之过也并不是他能控制的，那么这场悲剧只能归咎于苍天的捉弄，归咎于世道无常。慕容冲的一生太累了，背负着家国覆灭的仇恨，背负着任人凌辱的仇恨，这样的血海深仇令他踽踽前行，最终这样的包袱压垮了凤皇儿的脊梁，折断了凤凰的双翼。活着太难，倒不如死了清闲，杀戮之后唯一能够洗净手上鲜血的方法，大概便是用自己的血去清洗。

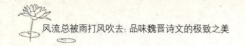

这个有着绝色容颜的小王子,在倾国倾城之后,最终,倾覆了他自己。

只见悲离,哪闻欢合

上古之人说:"死生契阔,与子成说。执子之手,与子偕老。"爱情是彼此放不开的纠缠,纠结在对方的掌心中,延伸成条条纹路,长的是生命线,短的是爱情线,要通过命运来见证的爱情,往往躲不开的,是那注定翻覆无常的宿命。所以,《牡丹亭》中才会唱道:"原来姹紫嫣红开遍,似这般都付与断井颓垣。"

这世间的情爱皆是人们执意而为,他们无从想到百年之后,事情会如何终结。在命运强大的推力下,一些暗示性的情感盘踞人们心中,久久缠绕,指引他们完成在这世间必须要经过的路径,便是欢爱。而其中,女子则更深地陷入了这个命运的陷阱之中,但她们往往还不自知,心甘情愿地坐井观天,仰望头顶那个男人,在井底上演着独角戏,一场关于爱和等待的独角戏。

孤燕

昔年无偶去,今春犹独归。

故人恩义重,不忍复双飞。

连理

墓前一株柏,连根复并枝。

妾心能感木,颉城何足奇。

据传这两首诗是南朝梁代卫敬瑜的妻子所写的,《孤雁》和《连理》是后人为了呼应诗中咏叹的内容而加上去的题目,倒也算是切合主题,将王氏所要表达的生死不渝、死生契阔的情感囊括其中。王氏在《南史》中稍有记载,这个女子嫁给卫敬瑜,却在没有尽享夫妻之乐时,卫敬瑜便染病身亡,那年的王氏还正是芳华犹存,容貌佳丽。家人劝她再嫁,为自己谋求一个安稳的后半生依靠。不料王氏断然拒绝,她要为丈夫守节,直至终老。

　　彼时，再嫁并非不堪之事，诸多男女早已不再像之前的朝代那般，刻意去遵循陈规陋俗，而王氏却甘愿为丈夫独守后半生的岁月，成了那段历史的传奇。也许，命运就是如此，当它将一些人引到固定的地方时，便不会让他们再轻易离开。无论岁月变迁，还是时空更改，这些人都甘愿停留，在原地看着情丝弥漫，而他们亦不愿出逃。

　　王氏的命运大概便是如此，她在凡间与一个男子相爱，之后死亡带走她的爱情，接着她开始无止境地等待，不关乎爱情，只关乎回忆。在记忆的轮盘中辗转，不知道王氏能否寻得最后的心之所安。相传在寡居之后，王氏为卫敬瑜亲手栽种了百棵树木，就栽种在卫敬瑜的坟墓前，一年之后，这片成林的松柏竟然结成连理，不复分开，故而王氏写下诗歌作为纪念。诗句看似简单易懂，但实则需要读者悉心体会，才能真正明白其中蕴含的深意。

　　王氏无意遵从旧时的成规，只是因为对丈夫绵密的爱，她甘愿在爱情萌芽之时，继续灌溉雨露，直到嫩芽成为参天大树。而她便可以在树下依靠，那盘根错节的回忆可以带她回到最初、最美的地方。

　　人间的事情就是如此，相爱的人不能长久，不爱的人偏偏纠缠。卫敬瑜墓前的树一定长得葱翠可人，因为那是王氏用心栽灌，悉心照料而长成的。王氏希望借助树木来传达她对丈夫的深情，纵使最后只有她一个人，但上天定能看到。

　　就好像她在诗中引用的典故，"颓城何足奇"，那位妻子伤心丈夫死去，在城下痛哭流涕，感动所有路人，而她也可以借助树木，将感人的情感传达出去。执着的爱情不知道耗掉了人间多少美容颜，这情感竟然有着这样尖锐、势不可当的力量。令枯木逢春，令松柏成连理，令笑容长存心间。

　　情愫升起，如同湖畔的水草，缠住王氏的心，让她无法，也不愿离开。如同纠结的连理枝，王氏对丈夫的感情就是这样扯也扯不断，虽然她就好像孤雁一样无人照管，可她情愿守候最初的那份情感，独自思念。她自恃情深意厚，但在看到燕子失去配偶后，总是年复一年地孤身飞翔时，她才明白，世间真情，无论飞禽还是走兽，皆是生死不渝。因为死亡的横刀夺爱，使得王氏只能抱着热切的向往，在回忆中苦苦度日，而生离有时候却是要比死别更令人难过。女人在感情的游戏中总是显得蓄谋已久，她们好像矜持的公主，从不轻易吐露心声。然而在一些小事面前，总是轻易地就暴露了内心的好感，离别对女人是道考验，她们往往像未经世事的少女，不谙其道。

花庭丽景斜，兰牖轻风度。落日更新妆，开帘对春树。鸣鹂叶中响，戏蝶枝边鹜。调瑟本要欢，心愁不成趣。良会诚非远，佳期今不遇。欲知幽怨多，春闺深且暮。

刘令娴《答外》二首（其一）

这是情诗，刘令娴写给丈夫的思念之书。一览无余地展示了自己从爱上到嫁人的心路历程。丈夫出远门，久不归还，妻子内心无法按捺，只得寄情于诗词，希望可以缓解心中焦虑。

诗中呈现出一番庭院春景，绚烂多姿。诗人触景生情，随着春光的烂漫到日暮的落下，她的内心也渐渐沉静，春光容易逝去，好景不复长存。诗人感叹和丈夫共同相守的时间本来就不多，偏偏还要忍受这不断的别离，让她独自一人在这无限美好的春光中自怨自艾，苦苦悲切。女子的心，六月的天，十分易变。随着诗句的婉转，可以看到诗人流动的心境，一个人在满目春光中，上演怨妇思春这出折子戏。

且悲且叹，全是女人无奈的心事。

若是她们对人间情爱的法则了解一些，就会明了，在这个游戏中，主动付出最多的那个，便是最后忍受伤害最惨重的一个。

表面上，她们情深义重，而丈夫们显得无知薄情，事实上无知的是她们，反而是那些男子懂得收放自如，在感情中游弋自如。女人容易被表面的温柔浪漫击倒，而自己也容易沉迷在浪漫中不能自拔，以至于独角戏中只见悲离不见欢合。